傑作長編時代小説

# 同心 亀無剣之介
## 恨み猫

風野真知雄

コスミック・時代文庫

本書は二〇〇八年九月に小社より刊行された「同心 亀無剣之介 恨み猫」を加筆訂正の上、新装版として刊行したものです。

# 目次

# 第一話　恨み猫

一

夜の稲荷《いなり》神社は、頭痛のときの耳鳴《みみな》りのように蟬《せみ》の声がしていた。蟬は姿かたちが苦手《にがて》なだけでなく、声も嫌《きら》いだった。気持ちのいい虫がすだく声は、ほとんど聞こえていなかった。

おはまは、夜の神社にお祈《いの》りにやってきた。欣太《ごんた》の健康を祈るためである。

二歳の息子だった。丈夫《じょうぶ》な子どもではなかった。昨年の正月生まれなのにまだよちよち歩きで、ほかの子とくらべても、成長は遅いようだった。肌荒れがひどく、いつも搔《か》き傷があり、痛いのとかゆいのとでいつもぐずってばかりいた。おまけにしょっちゅう熱を出した。この二、三日も熱っぽかった。

亭主《ていしゅ》の卯之吉《うのきち》は、うるさい、泣かせるな、と叱《しか》った。明日の仕事にさしつかえるだろうと。それもそうである。大工《だいく》なのだから、寝不足で力が出なかったら仕事にならない。

だから、欣太の機嫌《きげん》がよくなさそうなときは、ここ小網《こあみ》町の実家に連れてくるようにしていた。実家のおとっつぁんは居職《いじょく》の職人だから、多少の寝不足は昼寝で補《おぎな》えばよかった。今日もそれで夕方から実家に来ていた。

早くから酒を飲んだり、煙草《たばこ》を吸ったりした女の子どもは、肌荒れがひどい。そんな話を近所の人から聞いた。

どきりとした。あたっているかもしれない。あたしもそうだった。酒も煙草も十四のときからやっていた。

——なんて馬鹿《ばか》だったんだろう。

あたしのせいで、欣太がいま、つらい思いをしている。

いまのあたしは、欣太のためならなんでもする。こうして神信心《かみしんじん》もはじめたし、きれいな水で身体を拭《ふ》いてあげるといいというので、それもかかさずやっている。

もちろん、酒も煙草もやめた。

欣太のおかげで、あたしは変わった。

自分がこんなふうに子育てに必死になるなんて、思ってもみなかった。ずっと不良娘と言われてきた。卯之吉と一緒になってからだって、ろくでもない嫁だった。子ができたとわかったときも、それほど喜びはしなかったし、お腹にいるあいだも憂鬱《ゆううつ》なだけだった。それが――。

生まれてきたあの子の顔を見たとき、

――これからは、ちゃんと生きよう。

と、思った。いや、むしろちゃんと生きなければ子どもは育てられないと、心の底で悟《さと》った気がした。子どもには不思議《ふしぎ》な力があった。弱くて小さな生きものが、人を大きく変えたりする。

神殿の前に立った。じゃらじゃらと鈴《すず》を鳴らす。お賽銭《さいせん》は勘弁《かんべん》してもらう。その分、ていねいに拝《おが》む。

――どうか、欣太のかゆみが消えますように。欣太が丈夫《じょうぶ》になってくれますように。そのためにあたしは、ちゃんと生きています。信じられないくらい真面目《まじめ》にやってます。そんなあたしの努力に免《めん》じて、どうか欣太を……。

後ろで玉砂利《たまじゃり》を踏《ふ》む音がした。

――どうか、欣太を丈夫にしてくださいませ。

誰かがすぐそばまで近づいてきた。

気味《きみ》が悪くなって、おはまは後ろを振り向いた。突然、こめかみのあたりに、激しい痛みが生《しょう》じた。

――誰かがあたしを石で殴《なぐ》った……。

もう一度、今度は首のあたりにあたった。吐《は》き気とめまいが一緒に来た。

――なんなの、いったい？

逃げようと横に歩いた。

襲《おそ》ってきたのは女だった。顔はよく見えないが、背丈《せたけ》はおはまより低いくらいであった。

――なんだ、てめえ、この野郎《やろう》！

若いころの言葉で叫ぼうとした。だが、声にはならなかった。

もう一度、叫《さけ》ぼうとしたとき、石が後頭部を打った。

だから、「欣太」という言葉も出せずじまいだった。

おはまの遺体《いたい》を見おろして、お千代《ちよ》はしばらく荒い息を吐き続けた。

ついにおはまを殺した。積年《せきねん》の恨《うら》みを晴《は》らしてやった。

幼なじみだった。

いまから十年前。十三歳のとき、おはまにひどくからかわれ、それがもとでろくに外にも出られない女になってしまった。

しょっちゅう、お嬢さまだからお外が怖《こわ》いんでしょ、と言われてきた。

冗談じゃない。お嬢さまであれば、ちゃらちゃら外歩きが大好きでしょうよ。

外に行けないわけは、あんたにつけられた傷《きず》のせい。

外にも行けないくらいだから、もちろん嫁にだって行けやしない。縁談は当然、数えられないほど毀《こわ》れた。

「ざまあみろ」

と、つぶやいた。こんな乱暴な言葉を口にしたのは初めてだった。

おまえがわたしにしたことは、こういうことなんだ。おまえはいじめたことも忘れ、嫁に行き、子どもまで作って……。

あたしはおまえが言った祟《たた》りに怯《おび》え、世間に後ろ指をさされるような気持ちにもなり、そして家から出られなくなった。十七、八になると、あれは嘘《うそ》なんだ、おはまが作ったでまかせなんだ、と何度も言い聞かせたりもした。

だが、心に深く染《し》みこんだ恐怖は、なかなかぬぐい去ることができなかった。

結局、おはまを殺すしかないと思うようになった。

だが、殺してもなお、気持ちはおさまらなかった。もっとすっきりさせなければ、明日からの暮らしもいままでと同じのような気がした。

――どうしたらいいんだろう。

自分の胸のうちに湧きあがってきた凶暴《きょうぼう》なものに耳を澄ます。

――わかった、そうする。

お千代は髪から簪《かんざし》を取って、おはまの脇にしゃがみこんだ。一瞬ためらったが、簪をぶすりとおはまの頬《ほお》に突きたてる。それからすっと下におろした。あまり突きたてすぎると、なかなか下に引けない。斜《なな》めに刺し、押すように引いた。すぐ隣りにまた同じような線。三本並べて線を引いた。

これを頬だけでなく、胸に、腕に、それからふとももに。

これがあたしの心についた傷《きず》だよ。

いくら消そうとしても消えなかった傷だよ。

ようやく、胸の奥の恨《うら》みが薄らいでくるのを感じた。それから、お千代は自分の積年《せきねん》の恨みに別れを告げるように、

「ぎゃあおう、ぎゃおおおおう」

と、夜の闇の中で吠《ほ》えた。

二

「ううん、どうしようかなあ」

北町奉行所、臨時廻《りんじまわ》り同心の亀無剣之介《かめなしけんのすけ》は、道端《みちばた》で迷っていた。

頭を掻《か》きむしった。掻くほどに、髷《まげ》はもしゃもしゃになり、鳥の巣《す》のようになった。ちぢれっ毛のため、いつも髷を結《ゆ》うのに苦労する。

八丁堀《はっちょうぼり》の同心たちの髷は、小銀杏《こいちょう》というすっきりした髷が売りものなのに、亀無はそうはならない。

綽名《あだな》はちぢれすっぽん。「ちぢれ」のほうはこの髪の毛に由来《ゆらい》し、「すっぽん」のほうは、下手人《げしゅにん》に食いついたときのしつこさを指しているらしい。

その亀無の前に、捨《す》て猫がいた。生まれたてである。鳴き声もまだ、みゅうみゅうという、か細いものだった。

このあいだ、娘のおみちが猫を飼《か》いたいと言っていたのを思いだした。

「生きものは死んだりしてかわいそうだろ」

亀無は、そう言って諦《あきら》めさせた。

だが、考えてみれば、生きものはみんな死ぬのである。自分が死なないならまだしも、死ぬからかわいそうだ、はない。死んでいくもの同士、つかの間でも、かわいがったり、かわいがられたりというのはいいことではないのか。

おみちに諦めさせたあと、そんなふうに思っていた。

ただ、猫はちゃんと躾《しつけ》をしないと、そこらじゅうに小便をしたりして、けっこう世話《せわ》が面倒《めんどう》らしい。そんな面倒なことを、自分ができるだろうか。

持ち帰ろうか。このまま見て見ぬふりをしようか。それを道端《みちばた》で迷っていた。

これから奉行所に出仕《しゅつし》しなければいけないというのに。

「あら、剣之介さん。そんなところにしゃがみこんで、どうしたの？」

後ろから声がかかった。振り向くと、黒目がちの涼《すず》やかな目が笑っていた。

「やあ、志保《しほ》さんか」

幼なじみの志保だった。

亀無の隣家《りんか》は、北町奉行所の吟味《ぎんみ》方で市中《しちゅう》取締りも兼任する与力《よりき》の松田重蔵《まつだじゅうぞう》の役宅だった。松田重蔵は、役者も並びたくないと言うくらいの美男《びなん》で、町人たちに絶大《ぜつだい》な人気がある。その松田の妹が、志保である。

亀無と松田と志保は、子どものときからいつも三人で遊んでいた。ほかの子が入って一緒に遊んだという記憶《きおく》はほとんどない。

最近になって、その理由に思いいたった。三人が三人とも風変わりなせいで、ほかの子どもたちが入ってこれなかったのである。

「なに？」

と、志保がのぞきこんだ。

「あら、仔猫。かわいい」

顔は黒だが、腹から尻尾《しっぽ》にかけて白が混じっている。

志保は手を伸ばし、仔猫をつかんだ。逃げようともせず、つかまれるままにしている。

「一匹だけ？」

「そうみたいだな」

「お腹を空《す》かしてたのね。母猫はいないのかしら」

「どこかから人が持ってきたんだろうね」

「捨《す》て猫か……」

「たぶんね」

「それで、剣之介さん、飼《か》おうかどうしようか迷ってたんだ。おみちちゃんに持って帰ろうか、でも、猫は躾をちゃんとしないと大変だし……って」

「お見通しだな」

と、亀無は笑った。

昔からそうだった。志保はいつも亀無の気持ちを察《さっ》し、さりげなく亀無を慰《なぐさ》めてくれた。

そうして、亀無が奉行所の見習い同心かられっきとした臨時廻り同心になったころ、親戚の強い勧《すす》めで、南町奉行所の大高晋一郎《おおたかしんいちろう》のところに嫁に行った。

あのときに亀無が感じたせつなさは、八丈島《はちじょう》に流される罪人の気持ちもかくやと思えるほどだった。

その二年後——。

亀無は先輩の勧めでみよを嫁にもらい、みよはおみちを産んだ二年後に、急な病《やまい》で死んだ。

一方、志保もまた、嫁《とつ》いでまもなくして男の子を産んだが、流行《はや》り病でその子を亡《な》くした。

それがきっかけになったのかどうかはわからないが、夫との折りあいがうまくいかなくなったらしく、たびたび実家に戻ってくるようになっていた。いまも松田の家のほうから来た様子である。

「じゃあ、うちで飼ってあげる」

と、志保は仔猫を抱いたまま立ちあがって言った。

「でも、松田さまは嫌《いや》がるのでは？」

「兄はそんなこと気にしないわ。だいたいが、犬も猫もはっきり区別がついてないくらいだもの」

「そんな馬鹿《ばか》な」

とは言ったが、松田ならありうるかもしれない、と亀無は思った。

「じゃあ、おみちちゃんにはあたしから言っておきます。かわいい仔猫がいるから見にきてって」

「…………」

亀無は声には出さず、黙《だま》って頭を下《さ》げる。

向こうから小者《こもの》の茂三《しげぞう》が走ってきた。猫が気になったので、先に奉行所に行かせていたのだ。

「旦那《だんな》さま。早く来てください」

「どうした、あわてて？」

「小網町の川端《かわばた》稲荷で殺しです。松田さまは旦那《だんな》さまに担当させろと」

松田が、亀無に殺しを担当させたがる理由はわかっている。直接、首を突っこみたいからだ。

松田は、殺しの謎を解《と》くのが大好きだった。ただし、謎解きが正解だったことは、たしかいままでに一度としてない。

三

小網町の川端稲荷は、町の奥まったところにある小さな稲荷社だった。

ただ、境内《けいだい》のまわりは樹木が多く、玉砂利《たまじゃり》も敷《し》かれて、こざっぱりとした空間になっていた。死体は神殿の前に仰向《あおむ》けに倒れている。

「ああ、旦那が担当ですか」

と、見覚えのある岡っ引きが、がっかりしたような声を出した。

たしか、名を半次《はんじ》といって、女房《にょうぼう》に仏具《ぶつぐ》屋をさせている男である。

「立派《りっぱ》な位牌《いはい》を作ってやるから、白状《はくじょう》しなよ」

というのがこの岡っ引きの決め台詞《ぜりふ》で、位牌の半次とも呼ばれている男だった。

「おいらだって、好きで担当するわけじゃねえのさ」

亀無はそう言って、むしろをかけられた遺体《いたい》の前に座った。

「ひでえ仏《ほとけ》ですぜ」

と言って、半次はむしろをめくった。

顔を見て、亀無は本当にぎょっとした。顔の右の頬《ほお》に、三本の線が刻《きざ》まれ、血が固まっていた。頬だけではない。見えているところでは、胸もとにあったし、着物をめくると、腕やふとももにもあった。

「死因は違うな」

と、亀無は頭や首を見ながら言った。たぶん、石かなにかで頭を殴《なぐ》り、紐《ひも》で首を絞めてとどめを刺し、それからこの傷《きず》をつけていった。

――だが、三本の線は、なんのつもりだろう？

亀無が首をひねると、

「猫がひっ掻《か》いたみたいですね」

と、半次が言った。

「ああ、なるほど。そういうつもりなのかなあ」

さらにくわしく遺体《いたい》を確かめた。悪戯はされていないし、もともと金など持っていそうにない。

こんなふうに遺体によけいな傷《きず》をつけるというのは、あきらかに恨《うら》みによる殺しであろう。

「遺体が見つかったのはいつごろだい？」

と、亀無は半次に訊いた。

「最初は丑《うし》の刻だったみたいです」

「みたいです？」

「ええ。見つけたのは、どうやら丑の刻参《まい》りにきた娘らしいんで……」

と、半次は近くの欅《けやき》の木を指差した。人の目の高さあたりに、藁《わら》人形が五寸釘《くぎ》で打ちつけられていた。

「なるほど」

「丑の刻参りってのは、自分の姿を人に見られちゃまずいらしいですね」

「ああ。逆《ぎゃく》に呪《のろ》いがかかるっていうんだろ」

くだらない話だとは思うが、そんなふうに言われているのは知っている。

「だから、人に見られるとまずいからでしょう、そっちの番屋に行って、人が死んでる、殺されてるよ、そう叫《さけ》ぶと、すごい速さで逃げていったそうです」

「へえ。番太郎は逃げる娘の後ろ姿くらいは見たんだろうか？」

「見たんです。白装束《しろしょうぞく》で、頭の鉢巻《はちまき》に蝋燭《ろうそく》を立てていたのまで。ところが、この番太郎というのが勘《かん》の悪い爺《じじ》ぃで、場所を聞いてなかったからって、町内じゅうの道をまわって歩いたそうです」

「はあ」

「そのうち夜も明けてきて、早起きの魚屋が遺体を見つけたってわけで……なあ、爺さんよ」

　半次は、そばにいた六十ほどの爺さんにきつい目を向けた。爺さんはかわいそうなくらいに恐縮《きょうしゅく》し、神妙《しんみょう》な顔で目を伏《ふ》せている。

　亀無はその爺さんに、いいんだ、気にするなというように手をあげ、

「それで身元はわかったんだな？」

と、訊いた。

「ええ。あそこに、この女のおやじとおふくろが」

　亀無はそばに近づいた。

　なにが厭《いや》と言って、殺された者の家族と対面するときほど厭なことはない。そ

のときばかりは、同心の家に生まれたことを呪いたくなる。

白髪《しらが》頭の父親と、皺《しわ》の多い顔をした母親が、青い顔でこっちを見ていた。母親のほうは、まだ小さな男の子を抱いている。男の子は疲れたような顔で眠っていた。

「仏《ほとけ》は娘だってな？」

「はい。おはまと言います。まだ、二十三でさあ。この子の母親でさあ」

この夫婦にとって孫になる子どもの顔を、亀無に向けるようにした。

こんな小さなうちに母を失う子の悲しみは、亀無にだってわからないわけではない。なにより、自分の娘のおみちが味わったはずである。

──たまらねえな。

胸がふさがる思いだった。

「おはまは誰かに呼びだされたのかい？」

「違うと思います。あの子はここんところよく、この稲荷さまにお祈《いの》りにきてましたから」

と、母親のほうが答えた。

「なんのお祈りだい？」

「この子があまり丈夫じゃないんで……丈夫になってくれるようにと」

「なるほどな。夜は、いつごろ出たんだい？」

「それがわからないんです。たぶん、この子を寝かしつけ、すぐに出たはずだから、五つには出たと思うのですが。夕べはいい風があったもんだから、この子もぐっすり眠ってまして、あたしらも気づかずに眠っていたんです」

「住まいはこの近くか」

「あたしたちはそうですが、娘は嫁に行って、普段は新材木町《しんざいもく》に住んでいます。昨日からうちに来てたんですが、まさかこんなことに……」

そこまで言ったとき、がっしりとした男が野次馬《やじうま》を搔《か》きわけてきた。

「おはま……」

足を止め、駆け寄りはせず、ただ、義理《ぎり》の父母と倅《せがれ》の顔を見やり、口を何度かぱくぱくさせるばかりだった。

おはまの亭主《ていしゅ》の名は、卯之吉といった。

おはまと対面させたあと、亀無はその卯之吉を神殿《しんでん》の階段に座らせた。卯之吉は、泣きこそしなかったものの、身体中の力が抜けたようになっていた。

「おはまとは夫婦なんだな?」

と、亀無は確かめた。

「ええ。一緒になったのは、四年前です。それで、一年半前に倅《せがれ》の欣太が生まれました」

と、卯之吉はつぶやくように言った。

同心というのは因果《いんが》な仕事で、こんな殺しのときは亭主《ていしゅ》を真っ先に疑《うたが》うのだが、駆けつけてきたときの様子で、亀無はその考えを捨《す》てた。

だが、岡っ引きの半次は卯之吉を怪《あや》しいと見たらしく、ここにいるあいだに夕べの様子を探ってきます、と耳打ちして、新材木町に行ってしまった。新材木町はここからすぐである。

「仏《ほとけ》さんは見ただろ?」

「ええ。誰があんなひどいことを」

と、卯之吉は目をつむった。おそらく、瞼《まぶた》の裏には三本の線が刻《きざ》みこまれているに違いない。

「あんたには言いにくいんだがな。ああいう殺され方ってのは、恨《うら》みによるものが多いんだよ」

「恨《うら》み……」

「なんか思いあたることってねえかい？」

卯之吉はうつむき、しばらくして意を決したように言った。

「あっしもそうなんですが、あれもなんていうか……若いころはつっぱらかって、悪さをしてたんです。そんなことだから、ちっといたぶったり、きついことを言ったりしたのはいくらもいると思います。ただ……」

「なんでえ？」

「そんなことは、だんだんしなくなります。あれも、おいらと一緒になったころからずいぶん落ち着いたというか、おとなしくなりました。まして、子どもができてからは、人に恨みを買ってるような暇《ひま》はなかったと思います」

「なるほどな」

たしかに、そうかもしれない。この野郎《やろう》は将来、どれほどの悪党になるのかと心配したような若者が、二十歳を過ぎたあたりから次第《しだい》に落ち着き、むしろ人情の機微《きび》を心得たよい人物になるのを、いくらも見てきた。

「だから、殺されるほどの恨みを買っていたとしたら、ここにいたときのことではないかと……」

いたんです」

「おいらと付き合いはじめた十八、九くらいまで、おはまはこのあたりに住んで

「ふうむ」

亀無は唸《うな》った。そうすると、少なくとも四、五年前から向こうということにな

る。殺すくらいだから、しつこい恨《うら》みであっても不思議《ふしぎ》はないが、それにしても

長い。

「そうか。じゃあ、またなにか訊くことがあるかもしれねえが」

「ええ」

卯之吉は元気なくうなずいた。今夜、通夜《つや》がおこなわれ、夏なので一夜明けた

らすぐに荼毘《だび》に付すことになったらしい。

それから亀無は、むずかりだした孫をあやしている、おはまの母親のところに

行って訊いた。

「ここらに、おはまの幼なじみはいねえかい？」

「そこに来ているおせんちゃんが」

と、まだ歩けないくらいの赤ん坊を背負《せお》った女を指差した。

女は野次馬《やじうま》というよりも、悔《く》やみを言い、葬式《そうしき》の手伝いもしてあげようというような様子だった。

そのおせんのところに行き、

「あんた、おはまの幼なじみだって？」

「ええ」

「おはまってのは、どういうやつだったんだい？　殺され方に恨《うら》みがこもっているんだがね」

「ああ、そうですか」

と、納得《なっとく》がいくような顔をして、

「亡《な》くなった人の悪口は言いたくないですが……悪かったんですよ。おはまちゃんは」

「誰かをいじめたりもしたのかい？」

「ええ。あたしなんかもいじめられましたよ。あ、あたしは、やってませんよ。夕べは仕事先に泊まりこみだったし」

「わかってるよ。顔見りゃ、あんたじゃねえのはわかるから」

とは言ったが、この娘のことも一応調べなければならない。

「そうですか。たしかに、昔はおはまちゃんを恨《うら》んだりした子もいたかもしれません。でも、それは昔の話ですよ」

「昔？」

「ええ。みんながまだ十とかせいぜい十四、五くらいまでの話です。おはまちゃんだって奉公《ほうこう》に出たりして、それどころじゃなくなったし、みんな、よそに出ていったりするし、いつまでも意地悪してたわけではありません」

「なるほどな」

するとと、四、五年前どころか、十年近くも前になってしまう。ずいぶんと古い話である。やはり、この線は見当違《けんとうちが》いなのか。

だが、いじめられたほうは、いつまでも恨みに思っていたりもするだろう。

「ここらで、おはまにいじめられたってのは誰かね」

と、亀無はおせんに訊いた。

「煮売り屋のおたまちゃんは、あたしと一緒にきついこと言われたりしてました。あとはみんな遠くに嫁に行ってしまったから……。あ、それとそこにひかり家って料亭《りょうてい》があるんですけど、そこの娘のお千代ちゃん」

「ああ、あそこの大きな料亭」

　表通りに、ここらでは珍しいくらい大きな店があった。黒板塀《くろいたべい》で囲まれ、門から玄関まで、大きな敷石が並んでいる。ただ、こちらから見えるのは、料亭の裏側にあたり、調理場から出てきた板前が腰かけて休んでいたり、住みこみの女中たちの洗濯物が並んでいたりしている。

「有名なんですよ、ひかり家は。料理がおいしいことで」

「そうなのかい」

　亀無はそういった店の評判を、ほとんど知らない。

　定町廻《じょうまちまわ》りの同心のなかには、有名な店に接待《せったい》されるのが大好きで、自分で江戸の料亭の番付まで作っている男もいるくらいである。だが、亀無は興味がないだけでなく、接待してくれる者もほとんどいなかった。

「でも、お千代ちゃんには絶対、こんなことはできないはずですよ」

　と、おせんは亀無を諭《さと》すように言った。

「どうしてだい？」

「なんていうのか、外に出ないんです」

「外に？」

「家から一歩も外に出られないんです」

「怪我でもしたのかい？」

「いいえ。外に出るのが怖《こわ》いらしいとは聞いたことがあります。あたしらだったら、無理《むり》やりにでも叩《たた》きだされるんですが、ああいう家のお嬢さまだから親も許してあげて、毎日、家の中で好きなことをやってるそうです。いいご身分ですよねえ」

「ずっと家にいるのがいいかどうかは、わからねえけどな」

と、亀無は言った。

「だから、お千代ちゃんがここまで来て、おはまちゃんを殺すなんてことはできっこないですよ」

お千代のひかり家から、この川端稲荷までは、一町ほどあった。

「ちょっと待ってくれ。お千代はいじめられたんだろ？　てことは、一緒に遊んだりもしたはずだ」

「そのころまではね。でも、いつごろだったかなあ、外に出てこなくなってしまったんです」

「おはまにいじめられたから？」

「それはどうですかねえ。おはまちゃんは、ひとりだけ集中していじめるってことはなかったと思いますよ。誰に対しても威張《いば》ってたんです。だから、お千代ちゃんにも威張ったりしたことはあったかもしれないけど……なにせ、ずいぶん前から遊ばなくなってましたし」

「ところで、そのお千代ちゃんは、猫を飼《か》ってたりするのかな？」

半次が言ったように、あれが猫の引っ掻き傷を模《も》したものなら、猫の恨《うら》みをあらわしたのかもしれない。

——たとえば、お千代が飼っていた猫が、おはまに殺された、とかな。

「お千代ちゃんが？　いいえ。飼ってないと思いますよ。だって、あそこは料亭ですし、生きものは寄せつけないでしょう。毛なんか料理に入ったら、大変ですもの」

やっぱり猫は関係ないらしい。

そこまで聞いたとき、新材木町に行っていた半次が帰ってきた。

「卯之吉の野郎《やろう》は、夕べは間違いなく長屋にいました。ちょうど、近くでぼや騒《さわ》ぎがあったみてえで、卯之吉はみんなに見られてました」

半次はがっかりしたような顔で言った。

四

亀無剣之介は、普段あまり岡っ引きという連中を使わない。

本来、奉行所の同心は、目明《めあ》かしなどを使ってはならないと決められていて、ときおり禁令が出たこともあるほどである。

だいたい、岡っ引きというのは、町の顔役がなる。

この顔役というのが、まずろくでもないのだ。

蛇《じゃ》の道は蛇《へび》ということもあり、しかたがない面もあるのだが、困《こま》るのはこの連中が賄賂《わいろ》を懐《ふところ》に入れ、勝手《かって》に事件を揉み消し、町でなにが起きているかを同心が把握《はあく》できなくしてしまうところにあった。

これには亀無も迷惑《めいわく》している。

そのため、亀無はできるだけ岡っ引きを使わず、また岡っ引きのほうでも亀無を敬遠《けいえん》するというような関係になってきた。

岡っ引きにすれば、本当ならもっと亀無を孤立《こりつ》させ、できれば町まわりの担当から外《はず》してしまいたいのだろう。実際、江戸の町に四、五百人ほどいるという岡っ引きが協力しあえば、それくらいのことはできるはずなのだ。

だが、なかなかそうはならない。

ひとつには、亀無が見かけや評判よりもずっと仕事ができ、幾度《いくど》も難事件を解決してきたためである。

そしてもうひとつは、与力のなかでも大物とうたわれ、町人たちの人気も絶大《ぜつだい》である松田重蔵が、亀無のことを高く買っているらしい、という噂《うわさ》があるからだった。

日本橋北界隈《にほんばしきたかいわい》で力のある位牌の半次も、こうした噂は当然、知っている。そのため、半分はちぢれすっぽんのお手並み拝見《はいけん》という気持ちで、亀無のあとをついてまわることにした。

「旦那《だんな》。次はどこに行かれるんで？」

「おはまってのは、昔はけっこうなワルで、幼なじみなんかもずいぶんいじめたらしいんだよ。さっきのおせんてえのもそのひとりだけど、もうひとり、この近くにおたまってのがいるんだってさ」

亀無はとくに隠《かく》そうともせず、半次に話した。普通、同心たちは、手柄《てがら》を奪《うば》われるのを警戒《けいかい》して、子飼《が》いの岡っ引きでもなければなかなか本当のことを言わない。だが、亀無はそのあたりにまったく無頓着《むとんちゃく》だった。

「おたまというと、一杯飲み屋の？」

「いや、煮売り屋と言ってたぜ」

「ああ、いいんです。両方兼《か》ねてますから」

半次は知っているらしい。

その店は、小網町のいちばん端《はし》の霊岸島《れいがんじま》寄りの場所にあった。小さな掘立《ほったて》小屋のような建物で、店の真ん中に大きな釜《かま》があり、ここでおでんのようなものがぐつぐつと煮たっている。

この暑さではおでんなど食う気がしないだろう、と亀無は思ったが、ちょうどふたりの客が、鍋《なべ》におでんを入れて買って帰るところだった。

「よう」

と、亀無は笑顔で大釜の前に立った。

「おや、町方の同心さま。それにそっちは位牌の親分」

おたまが警戒《けいかい》したような顔で言った。亀無が八丁堀の同心であることは、ひと目でわかるだろう。五つ紋の黒羽織《くろばおり》に、縦縞《たてじま》の着物の着流し。大小の刀と一緒に朱房《しゅぶさ》の十手《じって》を差している。

半次のほうはもともと顔見知りなのだ。

「位牌の親分はねえだろう。死んだやつみてえじゃねえか」

と、半次は脅《おど》すような口調で言った。

「おいら、そのはんぺんをひと串《くし》もらおうかな」

そう言って亀無は巾着《きんちゃく》の底をあさり、ちゃんと代金を払った。

「半次。おめえも食いたかったら、ちゃんと金を払いなよ」

そう言われて、半次はぷいっとそっぽを向いた。たぶん、そんな金は払ったこともなければ、催促《さいそく》されたこともないのだ。

「ここは、あんたの店かい？」

と、亀無はおたまに訊いた。

「煮売り屋は親代々《だいだい》ですよ。一杯飲み屋は、あたしがはじめました」

と、おたまは答えた。

「若いのにたいしたもんだねえ」

「あたしの器量《きりよう》ですよ」

おたまは笑いながらそう言った。たしかに、きれいとは言いがたいが、なかなか豪快《ごうかい》で雄大《ゆうだい》な顔立ちをしている。

しかも身体は大きく、五尺《しゃく》と五寸《すん》(百六十五センチ)ほどはありそうである。

「おはまっていただろ。あんたたちの幼なじみに」

「ああ、はい。おはまちゃん」

「殺されたんだ」

おたまの顔を見ながら、亀無は静かな声で言った。

「えっ」

おたまは亀無の顔を見つめ、ゆっくりとうなずいた。

「まだ、聞いてなかったかい?」

「いつですか?」

「夕べだよ。遺体《いたい》が見つかったのは今日の朝方だったけどね」

「そうでしたか。誰に殺されたんですか?」

「それを調べてるのさ。ところで、おたまちゃんは昔、おはまにずいぶんいじめられてたんだって?」

と、亀無は訊いた。

「旦那《だんな》。それってあたしのことを疑《うたが》ってるのですか?」

「一応ね。だって、しょうがねえだろ。おはまは誰かに恨《うら》まれて殺されたんだ。

しかも、おはまは最近おとなしくなっていて、恨みを買ったとしたら古い話になりそうなんだもの」

「そうでしたか。いいですよ。本当のことを言いますから、疑いたかったら疑ってくださいな」

「とりあえず、話を聞いてからな。それで、いじめられてたんだろ?」

「はい。子どものころはずいぶんとね。おとこ女とかさんざん言われましたよ」

子どもの悪口というのは残酷《ざんこく》である。身体や顔の特徴を、遠慮会釈《えんりょえしゃく》なくからかいの道具にする。

「つらかったかい?」

「そりゃあね。でも、それを言うのは、おはまだけじゃなかったから。おはまの言い方は偉《えら》そうだったけど、しつこくはなかったよ。もっとねちねちと言うやつもいたからね」

「長いこと言われたのかい?」

「いやあ、途中《とちゅう》であたしの背がずいぶん伸びたから。一度、怒ってどーんと突いたんです。おはまは戸板《といた》が風に飛ばされたみたいに、後ろに吹っ飛んでね。以来、ぴたりとなにも言わなくなりましたっけ」

「あっはっは。そりゃあ、よかったな。ところでさ、あんたたちの仲間にお千代ってのもいただろ？」

亀無がそう言うと、岡っ引きの半次の目がさっと険《けわ》しくなった。

「あ、はい。ひかり家のお千代ちゃん。かわいい子でしたよね」

「お千代もいじめられた口《くち》だろ」

「そういえばそうですね。あたしなんかに対するときは、からかうみたいな感じだったけど、お千代ちゃんの場合は違ったかもしれませんね」

「どんなふうに？」

「だって、お千代ちゃんはあたしらと違い、金持ちのお嬢さまですよ。たまたま家が近くだったから一緒に遊んだりしましたが、長屋のほとんどがひかり家さんの家作《かさく》だったりして、みな、特別扱いですよ。お姫さまみたいなものです。そういうのは、おはまならかちんときてたでしょう」

「なるほど。では、ずいぶんいじめたはずだな」

「それで、十年も経《た》ってから復讐《ふくしゅう》ですか？」

おたまは首を傾げた。

「おかしいかね」

「どうやって殺したんですか？」

「神さまに祈《いの》っていたおはまの後ろに忍び寄り、頭を殴《なぐ》ったうえで、首を紐《ひも》できゅーっと」

亀無はそんな仕草《しぐさ》をしながら言った。

「それをお千代ちゃんが？」

「ああ。駄目《だめ》かね？」

「だって、お千代ちゃんは家から外には出ないんですよ。いや、出られないんです。それがどうやって神社まで行くんですか？」

と、怒ったように言った。

「ううむ。やっぱり難しいかねえ」

「お千代ちゃんには難しいでしょう。あ、あたしだって難しいですよ」

「でも、どーんと突いたことだってあるんだろ」

「あたし、遅くまで仕込みをしてて、夜は倒れるように寝ちまうんですが……」

「大丈夫《だいじょうぶ》だよ。同心てえのは、一応あれこれ聞いてまわらなくちゃならねえんだ。悪く思わないでくれよ」

亀無は心底《しんそこ》すまなそうな顔で、おたまの肩を叩《たた》いた。

と、そこへ、

「まだ、昼間なのに悪いんだが、徹夜《てつや》明けなんだ。一杯飲ましてもらおうかな、おたまちゃんよ」

常連《じょうれん》らしい男が来た。

「しょうがないよね。一生懸命《いっしょうけんめい》、働いたんだもの」

おたまの仕草《しぐさ》が、女っぽいものに変わっていた。

五

ひかり家のお千代は、二階の自分の部屋から空を眺《なが》めていた。

夏の空が気持ちよかった。南のほうにはむくむくと入道雲が立ちあがっていたが、雨の気配《けはい》はなかった。熱く乾《かわ》いた風が吹いている。

恨《うら》みを晴《は》らすことはできた。もう、残っているものはない。

あとは、きれいさっぱりとあの夜のことを忘れるだけ。うまく忘れられるような気もする。

――十年か。

家の中に閉じこもって十年が過ぎていた。けっして短い時間ではない。そのあいだ、あたしはなにをしていたのだろう。ご飯を食べて、寝る。その繰り返し。ほかにしたといえば、石を彫《ほ》ることくらいだった。

そう大きな石を彫るわけではない。大きくてもせいぜい沢庵《たくわん》石くらいのものを彫って、自分の好きなかたちにする。仏像でもなければ、墓石でもない。なにか奇妙《きみよう》なかたち。

炎のように見えることもある。雲のかたちに似るときもある。たぶん、見る人によって違うものに見えるのではないか。

手代《てだい》が客室の坪庭《つぼにわ》に置いてみたところ、すごく評判がよかったようだ。どんどん作ってくれと言われた。なんと、自宅にも置きたいと言って、買っていく人もいるらしい。

とても嬉《うれ》しくて、石を持ってこられるとすぐに次を作った。はじめたのは五年ほど前からだが、もう百近くは彫ったかもしれない。

きっかけは、この窓から石工《いしく》の仕事場が見えたことだった。

いまはもう、仕事場はなくなってしまったが、見ているうちに、あたしもしてみたいと思ったのだ。

最初、あたしが石彫りをはじめたときは、おとっつぁんもおっかさんもぎょっとした顔をした。完全に頭がおかしくなったと思ったのだろう。

でも、あたしはよかったと思う。自分の気持ちに正直なことをしてるうちに、だんだんと心が楽になってきた。なんとか外の世界に行きたい。そう思いだしたのは、石を刻《きざ》みはじめたからのような気がする。

——今日あたり、どこかに出かけてみようかな。

あたしも外に行けるんだ。昨日の晩は、ほんの少しだったけど、歩くことができた。

思ったより足が弱ってなかったのは、石を持って二階と一階を往復したり、二階の上にある物干し台を行ったり来たりしていたおかげだろう。

「ちょっと深川《ふかがわ》の富岡八幡《とみおかはちまん》まで行ってきます」

そう言ったら、おとっつぁんとおっかさんはなんて言うだろう。

ずいぶんと心配するはずだ。

あの人たちは、いままでは娘が家にいてくれたほうが安心だと思っている。

——あたしがここで朽《く》ち果てれば、満足なんだろうか。

富岡八幡までの道を忘れているかもしれない。十歳の夏祭りのときに行ったときりだ。でも、行けると思う。物干し台からも途中《とちゅう》までの道は見えていた。

——そうだ。確かめてみよう。

物干し台にのぼった。

ここは最高の場所だ。店の表は見えないけれど、霊岸島から永代《えいたい》橋方面は遠くまで眺《なが》めわたすことができる。もちろん、裏長屋のほうも見えるし、おはまが家を出て、川端稲荷の境内《けいだい》に向かうところもよく見えた。

おはまが実家に戻ったとき、夜になると川端稲荷にお参《まい》りに行くのも、ここで見ていてわかったことだった。

——あ、馬鹿《ばか》ね、あたしったら。

そんなことはもう、どうでもいいのだ。恨《うら》みは晴《は》らしたのだから。それよりも、深川の富岡八幡までの道はどうだったたっけ……。

——ん？

下で変な侍《さむらい》が、こっちを見ているのに気づいた。

なんだろう、あの頭。髷《まげ》から毛がいっぱいはみだしていて、それがもじゃもじゃふわふわとしている。頭にカビがはえているみたい。

お千代は思わず吹きだした。

「よう」

変な侍は、こちらを見あげて、手ぬぐいで汗を拭《ふ》きながら声をかけてきた。どこか気のおけない感じがある。

「あ、はい」

つられて返事をしてしまった。

「あんた、お千代ちゃんだろ」

「ええ」

なんで知ってるんだろう。

「そこの、おはまの幼なじみだって聞いたんだよ」

「ああ、はい」

お千代はこっくりうなずいた。

そうだ。この格好《かっこう》は町奉行所の同心だった。おはま殺しの下手人《げしゅにん》の探索《たんさく》で動いているのだろう。それにしても、頼りなさそうな同心である。

その同心の後ろにいるのは、半次親分ではないか。半次親分はうちのおとっつぁんのところに出入りしていて、「困《こま》ったことがあったら、なんでも相談してくれ」と、よく言っていたものである。

「おはまが殺されたのは知ってるかい？」

と、もじゃもじゃ頭の同心が訊いた。

「はい。おとっつぁんから聞きました」

それは本当である。手代《てだい》が野次馬《やじうま》でのぞきにいき、おとっつぁんに報告した。

あたしの幼なじみだったことはすっかり忘れたらしく、「裏長屋の娘で、おまえと同じ歳《とし》くらいのおはまというのが殺されたらしいよ」と、おとっつぁんは言った。しかも、おっかさんときたら、「ここらも物騒《ぶっそう》だねえ。こうなると、あんたが家にこもっているのは、危なくないから安心だわね」などと言った。

「でも、あたし、そのおはまって人のこと、すっかり忘れてたんですよ」

お千代は明るい調子で言った。

「でも、おはまってのは、ずいぶん意地悪だったみたいで、お千代ちゃんもいじめられたんだろ？」

すでに近所の連中から、そんなことも聞きこんだらしい。

――まさか、あたしが殺したところを誰かが見ていた？

胸がどきどきした。いいえ、そんなことは絶対にない。あのあと、境内《けいだい》の隅《すみ》にひそみ、誰も騒《さわ》ぎだしたりしないのを確かめてから帰ってきた。まだ、四つ（夜十時）にもなっていなかった。

たぶん見つけるのは丑《うし》の刻参《まい》りに来る、ちょっと気がおかしくなった小娘だろうと思っていた。もっともその時刻にはあたしはもう寝てしまったので、実際に誰が見つけたのかは知らないのだが。

「そうなんですか。あたし、子どものころから他人と遊ぶのが苦手《にがて》で、近所の子たちとも遊んだ記憶《きおく》がないんですよ」

「ふうん。そうなのかい」

「顔も覚えてないですし」

「でも、なにか思いだしてもらえねえかなあ」

「じゃあ、努力してみますけど……そろそろお昼ご飯だし」

「そうか。じゃあ、出直すよ」

同心はしつこくせずに、去っていった。

半次親分がお千代に軽く手をあげ、そのあとをついていった。

用があるらしく、岡っ引きの半次はいったん家に戻るということだった。

出直すのも億劫《おっくう》なので、亀無は小網町で蕎麦《そば》屋を探し、そこで昼飯をすませた。うどんか蕎麦か区別がつけにくかったが、味自体は悪くないという、不思議《ふしぎ》な蕎麦だった。

## 六

それから川っぷちで涼《すず》みながら考えた。

——それにしても、ひかり家のお千代はかわいい顔をしていた……。

お嬢さまというのはこういうものなのか、と思える顔だった。つるんとしていた。高級な白粉《おしろい》や紅《べに》を使っているからか、ぴかぴか光っているようにも見えた。

いや、白粉や紅のせいではない。きっと十年前の子どもだったころも、あんな顔をしていたのだろう。

周囲の大人《おとな》たちばかりでなく、ほんのちょっと奥に入った長屋の子どもたちにとっても、特別な存在として見えたに違いない。

そんなお千代に対し、おはまのような子どもが憎《にく》しみを掻《か》きたてたとしても、無理からぬような気がした。

だが、殺されたのはお千代ではない。お千代を羨《うらや》んだはずの、おはまのほうな

のである。

お千代のほうも、覚えていないというのは本当だろうか。普通、自分がいじめ

られたことは、いつまでも心に残ると思うのだが……。

——なんか厭《いや》だな。

と、亀無は思った。だいたい、殺しの謎を解《と》き明かしても、すっきりといい気

分になったことなど一度もない。罪を犯《おか》す者はみな、重い不幸を抱《かか》えた連中であ

る。その不幸があきらかになるにすぎない。

今度のは、とくに厭な予感がする。

——全部、あの半次におっつけようか。

とも思った。そうして自分は家に帰って、おみちと遊んだり、隣りで飼《か》われる

ことになった仔猫を眺《なが》めて過ごすのである。

だいたいが、同心などというのは暇《ひま》なものなのである。非番の日も多いし、大

変なことはすべて岡っ引きや番屋の連中、奉行所の小者たちに任せて、煙草《たばこ》を吹

かしながら報告を待っている。それがあたりまえの仕事ぶりなのだ。

だが、亀無はそれができなかった。

殺されて声をなくしてしまった者や、力に押しつぶされてしまった者。そういう人の声なき声に、どうしても耳を傾《かたむ》けようとしてしまう。それは、性分《しょうぶん》としか言いようがなかった。

——おはまだって、いまごろは言いたいこともあるだろうし……。

亀無は立ちあがって、のろのろとひかり家のほうに向かった。


ひかり家の裏手にまわった。路地沿《ろじぞ》いには調理場の裏口があり、そこでは板前たちが腰かけを持ちだして昼寝をしていた。そこを通りすぎ、もう一度横に入ったところのすぐ上が、さきほどお千代に話しかけた窓である。

その窓を見あげた。開いてはいるが簾《すだれ》が下がっていて、中はよくわからない。

声をかけても、返事をしてくれるかどうか。

そばに小さな空《あ》き地があり、柿《かき》の木が一本立っていた。

これにのぼれば、ちょうどあの窓の高さと同じになりそうだった。

——木登りなんか、昔、松田重蔵や志保とやって以来だな。

三人のうちでは、志保がいちばんうまかった。どんな高い木でもするすると、てっぺんまでのぼった。次にうまかったのは小柄《こがら》だった亀無で、どうしようもなく下手《へた》だったのが松田重蔵だった。

松田がのぼると、枝はかならず折れた。そんなとき、松田はひどく情《なさ》けなさそうな顔をしたものだ。いまや北町奉行所きっての大物与力で、町人たちに絶大な人気を誇《ほこ》る松田重蔵の、あの情けない顔を知っているのは亀無くらいだろう。

ひさしぶりに木登りをすると、すっかり身体が重くなっていて、ようやっと亀無は柿の木のなかほどまでのぼった。

窓から中が見えた。お千代が、石のようなものを眺《なが》めている。

「よう」

と、亀無は声をかけた。

「まあ」

お千代は目を丸くした。

「下から声をかけても、返事してもらえねえかなって思ったんでね」

「でも、その木、折れやすいですよ」

「大丈夫《だいじょうぶ》さ。おいら、そんなに太っちゃいねえから」

「亀無剣之介さまでしょ」

「え？」

今度は亀無が目を丸くした。

「ちぢれすっぽんが綽名《あだな》ですってね」

「ああ、わかったぞ。半次に聞いたんだ」

半次はこのひかり家にも、出入りしているに違いない。娘のことも調べるつもりだと、前もって半次に報告していた。亀無と別れてから引き返してきたのだ。

普段から袖《そで》の下にいろいろ入れてもらっているから、そういうことは真っ先に告げてあげるのだろう。

ちぢれすっぽんと呼ばれる変な男で、しつこいけれど、適当に相手をしてやればいい。なあに、おはま殺しの下手人《げしゅにん》は、あっしのほうで見つけて、あいつをぎゃふんと言わせてやりますから……。

半次の口ぶりまで聞こえる気がした。

「毎日、そこでなにをしてるんだね？」

と、亀無はお千代に訊いた。

「とくにはなにも。本を読んだり、いろいろ想像してることが多いですよ」

「ああ、想像はいいよな。おいらも大好きさ。どんなことでも思いどおりになるし、いろんなところにも行けるし」

「亀無さまもですか。でも、同心さまでしたら、なんでも思いどおりになるし、どこにだって行けるじゃありませんか」

お千代は意外によくしゃべる。

本当はおしゃべり好きの性格なのかもしれない。

「そんなことあるもんか。この世が思いどおりになるなら苦労なんかないし、行かなきゃならないところはいっぱいあるけど、行きたいところには全然行けないもんだぜ」

「そういうものなんですか」

「そうだよ。ところで、その石はなんだい?」

と、亀無はお千代の前にある石を指差した。

「ああ、これ。石ですよ。彫《ほ》るんです。退屈《たいくつ》をまぎらすために」

「へえ。仏とか?」

「仏は彫りません。あたしなんぞが彫ったら、逆《ぎゃく》に罰《ばち》があたりますよ」

「そんなこともねえだろうが、じゃあ、なにを彫るんだい?」

「なんだかわからないんです。見せましょうか?」

お千代はそう言って、部屋の隅《すみ》から四つほどの石を出し、窓辺に並べた。

「へえ、おもしろいねえ」

「おもしろいですか？」

「おもしろいよ。なんかこう、心の奥で固まっているものを取りだしてきたみたいだよ」

「………」

お千代は驚いたような顔で、亀無を見た。

「そのいちばん右のやつ……」

「は、これ？」

「それなんか、深い悲しみみたいなものを感じるよね」

「へえ、そうですか。自分ではわからないんですよ。彫ったり削《けず》ったりして、気持ちに納得がいったところでやめるだけなんです。具体的なかたちではないので、どこで満足するかはまったく当人次第《しだい》でしょ」

と、お千代は言った。

「生きものがみんな持っている、悲しみのようなものかな」

と、亀無はしみじみした口調で言った。

「ずいぶんと、妙《みょう》なことを言いだしましたねえ。もしかして、同心よりもお坊さまにでもなりたかったんじゃないですか」

「あっはっは。おいらは禅問答《ぜんもんどう》をするつもりはないんだけどね。でも、生きものなんか飼《か》ったりしねえのかい？」

「飼いませんよ。生きものは好きじゃないんです」

「そうかい。じつは、おいら今朝、捨《す》て猫を見かけてね。仔猫ってのはかわいいもんだぜ。あれ、そういえば、その右からふたつ目のやつ」

「え？」

「それって、猫の魂《たましい》って感じがするんだけど」

「猫の魂……くだらないこと言わないでください」

お千代は立ちあがって、窓の障子《しょうじ》を勢いよく閉めた。

「あっ、いかん」

同時に、亀無が乗っていた柿の枝が折れ、ばきばき、ずるずると、亀無はあちこちに引っ掻《か》き傷《きず》を作りながら、墜落《ついらく》していった。

亀無剣之介は、顔や脛《すね》に細かい引っ掻き傷を作ったまま、夕方、八丁堀の役宅

に戻ってきた。門を入るとすぐに、

「ああ、もう、かわいい」

おみちの嬉《うれ》しそうな声が聞こえた。

「ただいま、帰ったよ」

「あ、父上。これ見て。かわいいでしょう。志保さまが飼《か》うことにしたんですって」

仔猫を抱き、頬《ほお》ずりしながら亀無に見せた。志保に餌《えさ》をもらったのか、今朝よりも鳴き声が力強くなっている。

「ほんとにかわいいなあ」

言いながら奥の間に入ると、

「あら、剣之介さん、もう引っ掻かれたの？」

志保がすぐに言った。

「ああ、これは違うんだよ。調べの途中《とちゅう》で木から落ちたものでね」

「膏薬《こうやく》でも塗《ぬ》っておきましょうか」

「大丈夫《だいじょうぶ》ですよ。それより、この猫の名前は？」

と、亀無は訊いた。

「にゃん吉《きち》にしたの」

と、おみちは答えた。

「志保さまが、あたしが決めていいって言ってくれたの」

「へえ、おすだったのか」

「ううん、めすだよ」

「それでにゃん吉かい？」

「いいの。強く生きてくんだから」

「そうか。そいつはいいや」

と、亀無は笑った。だが、おみちの気持ちが言わせた言葉だったら、おもしろいというより粛然《しゅくぜん》とした気持ちになってしまう。

それから、志保とおみちが猫と遊ぶのを見ていたが、

「猫の指ってのは何本、あるんですかね？」

と、志保に訊いた。

「さて。いくつでしょう？」

志保は悪戯っぽい顔で言った。答えを知っているようである。

「おや。数えなくても知ってるのですか？」

「じつは、さっきふたりで数えたの。ね、おみちちゃん」

「そう。前足が五本、後ろ足が四本だよ」

「そうなのか。前足は五本あるんだ」

すると、あの三本の線は、ますます猫の爪《つめ》とは関係ないわけである。

亀無はにゃん吉のよちよち歩きを見ながら、すっかり考えこんでしまった。

七

その晩――。

亀無はおみちが寝たあとで、小網町に向かった。

なんだか気になることがあり、確かめてみたくなったのである。

料亭のひかり家はすでに閉まって、ひっそりとしていた。きれいな三角に作られたはずの玄関脇の盛《も》り塩も、この時刻になるとだらしなく崩《くず》れている。

裏手にまわった。

お千代の部屋が暗くなっているのを眺《なが》め、さらにまっすぐ進んだ。

おはまの実家である長屋もある。通夜《つや》は、卯之吉の家のほうでおこなわれているので、こちらもひっそりとしている。

いまごろは、岡っ引きの半次が、弔問客《ちょうもん》に目を光らせているに違いない。

以前から目をつけていた挙動不審《きょどうふしん》の若い男がいて、半次はそいつが怪《あや》しいと睨《にら》んだらしい。

だが、亀無は、どうしてもひかり家のお千代が気になるのだ。

川端稲荷の前に来た。

なんの変哲《へんてつ》もない稲荷社である。

鳥居をくぐり、玉砂利《たまじゃり》が敷かれた境内を進む。大きな石はない。おはまは、おそらく拳《こぶし》より大きいくらいの石で殴《なぐ》られた。ここに、そんな石はない。

だが、お千代の部屋にはあった。

こぶし大よりも、ひとまわりかふたまわりほど大きな石が……。

あれで殴り、持ち帰って、洗って並べておけば、誰も気づかない。

両脇に狐《きつね》の像がある。そして、正面に神殿。

周囲は雑木林《ぞうきばやし》になっている。蟬《せみ》が鳴いていた。夕べもこうして、蟬の声が聞こえていたに違いない。

林を抜けてみた。

――あれ？

不思議《ふしぎ》な感じがした。神社の脇に黒板塀《くろいたべい》が続く家があった。この家はもしかしてひかり家の続きではないのか？

塀に沿《そ》って歩いてみた。すると、まもなく見覚えのある柿の木のところに出た。

――どういうことだ？

もう一度、歩いた。表通りから入った道は、ゆるやかに曲がっていた。

それから、川端稲荷の前に立った。短い参道《さんどう》だが、これは内側に戻る感じで続いている。そして、境内《けいだい》も縦《たて》に長い。

――なんてこった。

ひかり家から一町ほど離れていると思っていたが、じつはせいぜい五間ほどしか離れていなかった。

お千代が広い家の庭を抜け、裏の木戸《きど》のところまで来れば、外をたった五間歩くだけで、殺しの現場にたどり着くことができるのである。

これくらいなら、外に行けないというお千代にも歩くことができるのではないか。

とすると、やはり決め手はあの三本の線になるのか。あの謎を解《と》かないかぎり、お千代が下手人《げしゅにん》だと証明することはできないのではないか。

お千代は、今宵《こよい》も裏木戸のところに来ていた。稲荷社の境内を、また歩いてみるつもりだった。

人としては歩けないが、猫になれば歩ける。夕べもそうだった。

「みゃお」

と、猫の声で小さく鳴いた。

木戸《きど》の閂《かんぬき》を外《はず》して外に出た。ここは隠し戸のようになっているので、表から見ても戸があるとはなかなかわからない。知っているのは家族くらいのものだった。

狭《せま》い道を横切り、路地《ろじ》を進む。すると、もう神社の雑木林《ぞうきばやし》の中に入ることができる。

土を踏《ふ》みしめて歩く。気持ちがいい。足裏の感触がなんとも言えない。

夜の木々《きぎ》が頭上にかぶさっている。風で揺れている。匂いがある。木の匂い。なんてさわやかなんだろう。

だが、この気持ちのよさは、やはり夜だからではないのか。

昼間の外も、こんなに気持ちがいいのだろうか。日の光はもっと残酷《ざんこく》で、厳《きび》しく照ってくるのではないか。幼なじみのいじめのように。

――ん？

前で音がした。あわてて頭を下《さ》げた。

誰かが境内《けいだい》に入ってきた。ぶつぶつと独《ひと》りごとを言っている。

――ちぢれすっぽんだ。

同心の亀無剣之介が、境内《けいだい》の真ん中にいて、周囲を見まわしていた。

――気づいたのだ。

亀無の様子で、それはあきらかだった。ここといかり屋の裏がすぐ近くだということに気がついたのだ。

どうしよう？　半次親分にでも頼むべきかもしれない。

同心の亀無が、なにを誤解したのか知らないが、うちの周囲をうろうろと嗅《か》ぎまわっている。そのうち変な噂《うわさ》を立てられたりしたら、ひかり家の商売にも迷惑《めいわく》がかかるだろう。

こういうときのために、おとっつぁんは半次親分に、少なくない金を握《にぎ》らせてきたのだ。

――なんとかしてもらわなければ……。

# 八

位牌《いはい》の半次が、おはま殺しの下手《げ》人《しゅにん》をあげた——小者の茂三がそう伝えてきたのは、殺しが起きてから三日後のことだった。

「なに。誰だ、そいつは？」

と、亀無は呆《あき》れた声で訊いた。

「あのあたりで、ぶらぶらしていた弥吉《やきち》という若い男です」

「どこにあげた？」

「茅場《かやば》町の大番屋です」

亀無は走った。夏の暑い盛《さか》りに走りたくなどないが、でたらめの調書など書かれてしまったら、あとあとが面倒《めんどう》である。

亀無が大番屋に飛びこむと、

「ああ、亀無の旦那《だんな》。吐《は》きましたぜ」

半次が偉《えら》そうな顔で言った。

「ほう、白状《はくじょう》したのかい？」

亀無は、取り調べの部屋にいる若い男をのぞいた。身体にひどい痣《あざ》やみみず腫《ば》れなどは見えない。

そもそも、岡っ引きが独断で拷問《ごうもん》なんぞをできるわけがない。

だが、ひそかにいたぶり、じりじりと追いつめていくことは、半次あたりにすれば朝飯前だろう。

「こいつ、子どものころに、おはまにいじめられていたんだそうです。それで、あの晩、酔っ払っているときに、おはまが稲荷に向かうところを見かけたんです。あとをつけ、声をかけると、おはまは馬鹿《ばか》にしたような顔で、こいつを見たそうです。すると、ついカッとなって、殺《や》っちまったというわけで」

と、半次が言った。

亀無は、ぐったりしている弥吉のそばに腰をおろした。

「じゃあ、おはまの身体につけた三本の傷《きず》はなんなんだ？」

と、弥吉に訊いた。

だが、答えたのは半次だった。

「あれは、何本だろうがよかったんだそうです。ただ、自分の傷のお返しをしてやりたかったそうです」

「おいらは、おめえに訊いたんじゃねえ。黙《だま》っててくれ」

亀無はそう言って、弥吉の指を広げた。指の股《また》に小さな刺し傷がある。ここに針を突き入れたに違いない。爪《つめ》の先も見た。そこにも刺し傷はあった。

人はあまりにひどい痛みや恐怖にさらされ続けると、その痛みや恐怖から逃《のが》れられるためなら、あとはどうなってもいいと思ったりするのだ。そして、ついにはやってもいない殺しまで白状してしまう……。

「おめえ、よく思いだしてみなよ。どうやっておはまを殺したんだって？」

「ええ。頭を殴《なぐ》ったんです」

「なにで？」

「石で殴りました。あの境内《けいだい》にあった石で」

「弥吉。馬鹿《ばか》を言うんじゃねえ。あの境内にある石は、玉砂利《たまじゃり》ばかりだ。こんな小さな石だぜ。あれであんなふうに傷《きず》つけることはできねえよ」

「………」

弥吉はぼんやりした顔で首を傾げた。

「それからどうしたい？」

「おはまは死んだみたいだったので、持っていた小刀で、あいつの身体中に傷をつけてやりました」

「全然、違うんだ。おはまは石で殴られたけど、死因は首を絞められたからだ。おめえ、その紐《ひも》はどうしたい？」

「帯《おび》でやったって言っただろ！」

脇から半次が怒鳴《どな》った。

「へい、帯で」

と、弥吉がうなずいた。

「ばあか。跡《あと》を見たらわかるが、あれはもっと細い紐《ひも》だった。帯なんかじゃねえ。しかも、小刀で傷をつけたって？　そしたら、肌はすっぱり切れるじゃねえか。あの傷は違う。たとえば簪《かんざし》の先っぽあたりで、よほど強く押しつけるようにしてつけた傷なんだ」

亀無はそう言って、半次のほうを向いた。

「半次。おめえ、十手《じって》は誰からあずかった？」

「あっしは正岡万四郎《まさおかまんしろう》さまからですが」

強面《こわもて》でずいぶん睨《にら》みをきかした同心だった。亀無などは見習いのときに、かなり怒鳴られたりしたものである。

「亡《な》くなったじゃねえか」

「ええ」

と、半次はそっぽを向いた。

「返せ、十手《じって》を」

「え……」

「こいつがこのままお白洲《しらす》に出て、そこでもこんなぼけた調子で白状《はくじょう》したりする。まあ、吟味方も馬鹿《ばか》じゃねえから通らねえとは思うが、なにが起きるかはわからねえ。万が一、通って、こいつが首でも刎《は》ねられてみな。おめえは人殺しだぜ」

「それは……」

「置きなよ、十手《じって》を」

亀無の声に怒りが滲み出ていた。

「旦那《だんな》。あっしにも大勢の岡っ引き仲間がいるんですぜ……」

半次がそこまで言ったとき、亀無の右手が電光《でんこう》のように動いた。鳳夢想流《おおとりむそう》の居《い》合《あい》である。免許皆伝《めんきょかいでん》の腕であった。

半次の髷《まげ》がぽとりと落ちた。

「ひっ」

半次は真っ青になって、十手を下に置いた。

九

夜になって、隣りの松田家から志保がやってきた。仔猫を抱いてきたので、うとうとしかけたおみちが、嬉《うれ》しくて飛び起きた。

「剣之介さん。兄が来てほしいって」

「ああ、そうですか」

「また、あれね。突飛《とっぴ》な推理にお腹《なか》をくださないようにしてね」

と、志保は笑った。

いくら幼なじみでも向こうは与力である。命令を断わることはできない。

顔を出すと、松田重蔵は釣竿《つりざお》を磨《みが》いているところだった。

「よう。どうだ、おはま殺しは？　だいぶ手間《てま》取っているではないか？」

実際には、殺しが起きてまだ三日である。それくらいかかるのはあたりまえだが、進展がないのは亀無も自覚している。

なかなか糸がつながらない。

お千代は外に出られないというが、あれくらいの距離ならばなんとかなるかもしれない。

だが、恨《うら》みというのが、わからない。子どものときにいじめられたというだけでは、解明したとは言えないだろう。しかも、お千代は子どものときのことを、なにも覚えていないとしらをきっている。そして、三本線のこと……。

それらをすべて松田に話した。

「そうか。わかった」

「えっ、もうですか」

ぽんと手を叩《たた》いた。

「あたりまえだ。それでわからなくてどうする」

松田の推理に迷いはない。電光石火《でんこうせっか》で決める。ただ、あたっているかどうかは別である。

「すべては三本線だな」

「はい」

それは亀無も同感である。

「剣之介はあいかわらずうぶだな。三本の線ときたら、わかりきっているではないか。二本は女、一本は男。すなわち、情事のもつれだ」

「でも、線はもつれてませんよ」

どの傷《きず》も、縦《たて》にまっすぐ引かれていた。

「それが肝心《かんじん》なところさ。三人のあいだは、おはまの祈《いの》りも虚《むな》しくまじわることがなかった」

「ただ、十年前に男の影はまったく見えてこないのです」

なにせ皆、子どもだった。

「だから、それは女に見えるだけで、じつは男なのさ。よおく探《さぐ》ってみな。みんなは女だと思っているけど、じつは男ってのがいるから。お千代はそいつを好きだったのさ。だが、おはまに取られた。しかも、おはまは奪《うば》っておいて、そいつをポイと捨《す》てた。ひでえ話だが、そういうのはよくあるのさ。その女に見える男はきっと、いまも売れ残っていて、飲み屋かなんかをやってたりするのさ」

「あ、そういう女はいました」

煮売り屋のおたまを思いだした。

「そうだろう。訊いてみな。じつは男だったりするから」

「ううう……」

亀無には、そんなことはとても訊けそうもない。

十

行きたくはなかったが、松田重蔵に行ったかと訊かれて、行ってないとは言えない。しかたなく、煮売り屋のおたまのところに顔を出した。

おたまは今日も朝から忙《いそが》しそうに働いている。

「あら、八丁堀の旦那《だんな》」

明るい笑顔を見せた。

「よう」

「昨日、おせんちゃんがここに来て、お互い、旦那には疑《うたが》われたみたいねって笑いあったのよ」

「そうか」

まさか、おたまに新たな疑《ぎ》惑《わく》が浮上したとは言えない。しかも、じつは男という疑惑……。

それに、たしかに顔立ちに男っぽいところはあるが、立ち居振る舞いといい、声といい、やはりおたまはどう見ても女である。

「旦那。おはまちゃんは、猫の爪《つめ》の傷《きず》があったんだってね」

と、おたまが眉《まゆ》をひそめて言った。

「猫の爪？　いや、そうとはかぎらないよ」

「そうなんですか。でも、おせんちゃんは見たって言ってましたよ。頰《ほお》のところに、こう、三本の線があったって」

「でも、猫の前足の爪は五本あるぜ。三本じゃ猫だとは言えねえだろ」

「え？　猫って爪は三本じゃなかった？」

「おい、なに言ってんだよ。それとも、小網町界隈《かいわい》の猫は、前足の指が三本しかねえのかい？」

「そうですよね。猫の爪は人間とはちょっと並び方が違うけど、五本ありますよね。あ……」

おたまがなにかを思いだしたような顔をした。

「どうした？」

「手毬唄《てまりうた》ですよ。子どものときに、皆がうたっていたやつ。その唄って、誰かが田舎《いなか》で覚えてきた唄らしくて、ほかの町内の子はうたわなかったんです。あの界隈の子だけが知っていた唄。それに猫の爪が出てきてたんです」

おたまは節《ふし》をつけてうたった。猫の爪が出てくるのは途中《とちゅう》のあたりで、そこはこうなっていた。

猫の爪三本
いのぶた四本
ごほんごほんで風邪《かぜ》ひいた

「なるほど。それでおまえたちは、猫の爪《つめ》は三本と思いこんだわけか」

「そうみたいですね」

「じゃあ、お千代ちゃんなんかも、そう思いこんだ口《くち》かな」

「ああ、お千代ちゃんね。たまに毬《まり》つきにも混じったりしてたから、思いこんでるかもしれませんね」

と、おたまは言った。

「ふうむ」

お千代は覚えていないと言った。しかも、他人と遊ぶのは苦手《にがて》で、近所の子とは遊んだりしなかったと。

亀無は、朝顔が蔓《つる》を伸ばしたような感触を得た。しかし、それがなににつながるのかがわからなかった。

だが、そんなわけはない。子どものころにうたった唄《うた》は、胸の奥深くに刻《きざ》みこまれる。亀無だってそうだった。志保がうたった唄、声音《こわね》、楽しげな表情……全部、覚えている。

お千代も覚えているはずだ。そして、普段、猫と接したりしないため、その記《き》憶《おく》を修正することもなく、猫の爪は三本と思いこんでいる……。

いったい、猫にまつわるなにがあったというのか。

「まいったぜ」

もじゃもじゃの頭に手をあてながら、おたまの店をあとにした。

十一

亀無は、とくにあてもなくひかり家の裏手にやってきた。

自分でも行き詰まってしまったのはわかっている。だが、次の手がかりが見つからない。

お千代の窓を見あげたが、簾《すだれ》が下がり、ひっそりとしている。外から声をかけても、応じるかどうかはわからないし、それに話すべきことがなくなっているような気もする。

亀無は、ぼんやりとひかり家の裏手を見ていた。

板前たちが涼《すず》んでいた。大きな料亭だけあって、板前の数も多い。外にいるだけで七人ほどいるが、これで全部というわけではないだろう。それぞれ煙草《たばこ》を吸う者もいるし、瓜《うり》を食べている者もいる。酒樽《さかだる》を並べた上に茣蓙《ござ》を敷き、いびきをかいて寝ている者もいた。

そこへ、猫が現れた。大きな虎縞《とらじま》の猫で、悠然《ゆうぜん》とやってきて、開いた戸の向こうに餌《えさ》はないかと首をあげてうかがっている。

「しっしっ」

と、板前のひとりが言った。

だが、虎縞の猫は動こうとしない。ふてぶてしい猫である。

「この野郎《やろう》、あっちへ行け。あっちへ行かないと食っちまうぞ」

と、別の板前が言った。

この言葉に、亀無の眉《まゆ》の隅《すみ》がぐいっと持ちあがった。頭の中に、新しい道ができたような気がした。

「食っちまうだって……」

亀無は板前たちのそばに近寄った。

「ちっと訊きてえんだが、いま、猫を食っちまうって言ったよな」

町方の同心が、思いつめたような顔で近づいてきたものだから、話しかけられた板前は青くなった。

「そんな、冗談ですよ」

「だが、ほんとに食うってことはねえのかい。よく猫鍋《ねこなべ》とか言うだろ」

と、亀無は訊いた。

すると、酒樽の上で眠っているように見えた板前が、

「ああ。前にここにいた板前が食ったって話は聞いたことがありますね」

と、言った。

さらに、瓜をかじっていた板前が言った。

「よしさんだろ。あの人なら食ってもおかしくはねえ」

「その、よしさんてえのはどこにいるんでえ？」

と、亀無は拝《おが》むような顔で訊いた。

「腕はよかったですからね。深川の平清《ひらせい》に引き抜かれたそうですよ」

「平清か……」

江戸でも指折りの名店である。

表玄関から入ろうものなら、いくら取られるかわからない。

## 十二

「なんで入ったんですか？」

階段をあがってきた亀無に、お千代が頭の上で怒鳴《どな》った。

「ちゃんと、おとっつぁんの許可は得てるぜ」

「おとっつぁんなんて関係ないですよ。ここは、あたしの部屋なんだから」

と、お千代はさらに大きな声で言った。

「なに言ってやがる。ここはおとっつぁんの身代《しんだい》の一部だろうが」

「あんなおとっつぁんの身代なんて、なくなればいい」

お千代の父は、階段のすぐ脇にいるはずである。茂三に誰も寄こすなと言ってあるので、あるじといえど邪魔《じゃま》をすることはできない。だが、お千代の父はいまの娘の言い草《ぐさ》を、どんな気持ちで聞いただろうか。

「まあ、そう言うな。その身代のおかげで、あんたも楽な暮らしをしてきたんだから」

「楽なもんか。がんじがらめで息がつまりそうだったわ」

お千代は壁《かべ》をどんと叩《たた》いた。

この前、窓辺で話したときとは、ずいぶん顔つきが違った。下手人《げしゅにん》は追いつめられてくると、表情が一変する。お千代もそんな気持ちの変化なのだろうが、この娘がただの箱入りではないことがうかがえる。

たぶん、この家は、亀無が思っているよりも難しいことになっているのかもしれない。

「そうだ、半次親分を呼んでおくれな。位牌の半次と呼ばれる親分だよ」

お千代が大声でそう言っても、返事をする者はいない。

「誰か、半次親分を呼んできて」

お千代は階下に向かって大声を出した。

「お千代ちゃんよ。あいにくだったが、半次は十手を返して、もう岡っ引きではなくなったんだ」

「なんてこと……」

呆然《ぼうぜん》としているお千代を押し戻すように、亀無は部屋に入った。

「まあ、落ち着いて話をしようよ。昔の話を訊きてえのさ。おはまたちと遊んだ子どものころの話さ」

「あんな子たちとは遊んでなんていません。あの子たちはいつも、あたしを遠ざけていたんだから……」

「でも、おたまはお千代ちゃんともよく遊んだって言ったぜ」

「嘘ばっかり」

「そうか。嘘だったのか……」

亀無はがっかりしたようにうつむいた。

お千代はようやく、亀無の顔を見た。顔に傷《きず》がついていた。三本の線。わざとらしく、なんだか厭《いや》らしい感じである。

「どうしたんですか、その顔は？　ああ、猫に引っ掻かれたのね」

「寝ているときにやられたのさ。でも猫じゃねえだろう」

「猫ですよ。三本の引っかき傷は。猫は三本、いのぶたは四本なんです」

「へえ」

と、亀無がにやりとすると、お千代は焦《あせ》ったような顔に変わった。

「思いだしたみてえだな。わざわざ鏡を見て、こんな傷をつけてきた甲斐《かい》があったよ」

「なにを思いだしたっていうんですか?」

「手毬唄だよ。こういうんだろ?」

猫の爪三本
いのぶた四本
ごほんごほんで風邪ひいた

と、亀無がうたった。節《ふし》はちょっと怪《あや》しいが、歌詞は合っているはずである。

「ここらの子どもだけがうたった手毬唄なんだ。だから、皆、猫の爪は三本だと思いこんでいた。やっぱり、覚えてるじゃねえか。昔のこと。近所の子と遊んだことを」

「いま、たまたま思いだしただけですよ」

お千代は亀無とは目を合わさず、石の彫り物を見ながら言った。

「だからさ、おいらはやっぱりおはまの傷は猫の爪なんだと、あらためて思ったのさ。でも、あんたは猫を飼《か》っていないし、食い物屋だから飼うのも許されない。では、どこの猫なんだろう……」

亀無はそう言って、窓辺に立ち、簾《すだれ》をあげた。明るい夏の日差しが飛びこんでくる。下を見ると、木陰《こかげ》で猫が昼寝をしていた。

「そんなとき、裏で板前たちが、通りかかった猫を脅《おど》すのを聞いたのさ。食っちまうぞってな」

お千代の身体がぴくりと動いた。

「おいらは、まさかと思いつつ、訊いてみたのさ。ほんとに食ったりはしねえよな、と。すると、以前、ここにいたよしさんという板前が、猫を食ったんだって話じゃねえか」

「…………」

「よしさんは腕のいい板前で、深川の平清に引き抜かれていた。もちろん、おいらは平清を訪ねたよ。猫を食ったことがあるんだってな、と」

亀無の声はどんどん小さくなっている。

本当ならば、自分の考えを他人に押しつけようというときは、大きな声で喚《わめ》いたほうがいい。だが、亀無はそんなやり方を好まなかった。むしろ、小さな声で遠慮《えんりょ》がちに、相手の心の中を訪ねた……。

同心の亀無の声が、遠くから聞こえていた。

よしさんから聞いた話をしていた。よしさんという人は、とにかく生きものならなんでも一度は食ってみるらしいな、とも言っている。

だが、そんな話を聞く必要はなかった。全部、はっきりと覚えていた。

十年前。

やっぱり、いまくらいの夏の昼下がりのことだった。強い日差しのせいで、町はひっそりとしていた。蟬《せみ》の声だけが、地上に満ち満ちていた。

遊び友達を求めて外に行ったお千代のところに、おはまが近づいてきた。意地悪を言うときとは違って、驚いたような顔をしていた。

おはまはいつもお千代に、きついことを言った。

だが、お千代はそれほどおはまのことが嫌《きら》いではなかった。言うことはきついが、さっぱりした感じがあった。それに、こっちがしょぼんとしたときは、かなららず優しい言葉をかけてくれたりした。

そのおはまが青い顔で耳を寄せてきて、

「ねえ、あんたの家が猫を食わせてる」

と、ささやいた。

「え?」

「猫を食わせてる」

もう一度、言った。

「そんなの嘘《うそ》よ」

と、お千代は言った。猫の料理なんて聞いたこともないし、出すわけがない。

「嘘じゃないんだって。来て」

おはまは、お千代に手招きをした。

そのまま、調理場から出るごみをまとめるところに連れていった。そこに、本当にそれがあった。剝《は》がれた皮や、食べなかった部分が……。

「ほらね」

「ほんとだ」

「駄目《だめ》だよ、あんたの家は。こんなことしちゃ駄目だよ」

意地悪を言うというより、むしろ忠告《ちゅうこく》する口調だった。

そのとき、板前のよしさんが出てきた。

「こら、お嬢や餓鬼《がき》の来るところじゃねえ。あっちに行け。まったく、まずいものを見られちまったな。おめえ、よけいなことを言うんじゃねえぞ」

追い払われた。

「……祟《たた》られるよ、あんた」

と、おはまが言った。

「猫の魂《たましい》があんたの中に入るよ」

お千代は耳をふさいだ。


だが、本当に自分を傷つけたのは、おはまだったのだろうか……。

お千代はもっと多くのことを思いだしていた。

よしさんから、おとっつぁんに話が行ったのだ。おとっつぁんは、そのあとも一緒に遊んでいたおはまを呼びだし、こう言ったのだった。

「おい、よけいなことを言うんじゃないよ。猫を食ってるなんて、言ったらいけないよ。おまえの住んでいるあたりは、あたしの家作《かさく》なんだ。追いだしてやろうか。住むところがなくなるからね。わかったかい」

おはまは怯《おび》えた顔をしていた。

——怖《こわ》い思いをしたのは、むしろ、おはまのほうだったかもしれない。

そして、おはまはあたしと遊ばなくなった。無理《むり》もないだろう。あんなふうに言われて、あたしと遊べと言われたって遊べるわけがない。

あたしもおはまとは遊べなくなった。後ろめたい気持ちがあったからだ。

——違うじゃないか。

お千代は愕然《がくぜん》とした。覚えているようで、なにかが変形されていた。

ずっと、おはまのいじめを憎《にく》み、外に行けなくなったと思いこんでいた。だが、憎んだのは別のものだったのじゃないか。

金持ちだということで嵩《かさ》にかかって、あたしの友達まで脅《おど》したりして。

そういえば、いつもそうだった。裏の子どもたちとは遊んじゃいけない。あいつらと遊ぶとろくなことはないって。

——あたしが本当に憎んでいたのは、おはまじゃなかったんだ……。

「だから、おはまはおはまで、怖《こわ》い思いをしていたんだろうな」

と、亀無の声がした。

このちぢれすっぽんは、すべてを見通したようだった。

いまごろ見通されたって遅い。ことを起こす前に見通してくれないと。

だが、見通していたとしたら、あたしの憎しみはおとっつぁんに向いたのだろうか。

そう思ったら、背筋が寒くなった。

「うわぁあああ」

叫《さけ》んだ。叫ばずにはいられなかった。

それから、驚く亀無を尻目《しりめ》に、お千代はいきなり窓に駆け寄り、外に飛んだ。

「しまった」

亀無が叫ぶのが聞こえた。

お千代は、夏の日が照りつける堀沿《ぞ》いの道を、永代橋に向かって走った。

裸足《はだし》で、しかも裾《すそ》が割《わ》れているのも気にせず走った。

すれ違う人たちが、ぎょっとして自分を見るのもわかった。誰かに追われているわけではないのは、顔に浮かんでいる笑みでわかるだろう。たぶん狂女だと思ったに違いない。

昼間の光は、想像したよりもずっと優しかった。むしろ、逆だった。なにも怖くなんかなかった。

――こんなに気持ちがいいなんて。

なんて馬鹿《ばか》だったんだろう、とお千代は思った。駆けるうちに涙が出てきた。もっと早くに、こんなふうに町を歩いたり走ったりしていたら、恨《うら》みなんか忘れることができたかもしれないのに。

誰も恨《うら》まずにすんだかもしれないのに。

――恨みなんか抱えこんだって、ちっとも幸せじゃなかったのに。

堀沿《ぞ》いの道が途切《とぎ》れると、そこが大川《おおかわ》だった。橋が架《か》かっていた。大きくて、きれいな橋。そうだ、これが永代橋。子どものころは、ここを渡って、深川にお参《まい》りにいったりもしたんだっけ。それに、おはまちゃんや、おたまちゃんや、おせんちゃんなんかとも、よくここらあたりまで遊びにきたんだっけ。堀に流した笹舟《ささぶね》で、誰のがいちばん先に大川に入るかを競《きそ》ったりして。

二度と帰らない夏の日々。

そして、取り返しのつかないあの夜の犯行《はんこう》。

お千代は永代橋の真ん中あたりまで来た。いちばん高くなったあたり。大きく息を吸いこんだ。

それから、欄干《らんかん》に手をかけ、足をかけ、宙《ちゅう》に向かって跳《と》んだ。

大川は夏の日差しを映《うつ》して、光の川になっていた。


亀無剣之介が永代橋の上まで来たときには、お千代の姿はどこにも見えなかった。橋番が青ざめた顔で、橋の下をのぞいていた。

「どうした？」

「どうも、娘が飛びこんだみたいなんで」

「どこらだ？」

「それがはっきりしねえんで。目撃した婆《ばあ》さんがあわてて報《しら》せてきたんだけど、どこらだったかわからなくなったって」

橋番は下の舟に向かって呼びかけた。

「娘が飛びこんだ。そこらにいねえか」

亀無は広い大川の流れに目をやった。上流で雨でも降ったのか、水の量は多い。しかも引《ひ》き潮《しお》どきらしく、流れは速そうだった。

――あっという間に、沖《おき》に持っていかれる……。
それでも必死で目を凝《こ》らしながら、亀無は心の中で呪《のろ》うように思っていた。
だから、この殺しは担当したくなかったんだ……。

# 第二話　わびさびの嘘

一

櫂次《かいじ》は、伊勢参《いせまい》りから江戸に戻る途中《とちゅう》だった。

こっちにおもしろい賭場《とば》があると聞きつけ、ふらりと道草《みちくさ》を食った。そこで大負けを食らった。付き合っている女に買った伊勢土産《みやげ》の櫛《くし》まで取られた。

ただでさえ乏《とぼ》しかった路銀《ろぎん》が、完全に空《から》っけつになってしまった。

――またかよ。

と、櫂次は思った。空っけつになるのは珍しくもない。空っけつ人生である。

だが、いつまでもこれじゃあしかたがないと思う。

内心、忸怩《じくじ》たるものはある。

われながら、つくづく半端《はんぱ》な男だと思うのである。とにかくずっと行きあたりばったりの人生だった。

若いときは、噺家《はなしか》をめざした。修業は大変で、ひと月後には師匠《ししょう》のもとを逃げだした。人を笑わせることに、なんでつらい思いをしなければならないのか、どうにも納得《なっとく》がいかなかった。

それから十返舎一九《じゅっぺんしゃいっく》のような戯作《げさく》者に憧れた。師匠は鷹揚《おうよう》な人物で、適当に家の手伝いをするくらいでも置いて飯を食わせてくれた。

そのため、ここには二年ほどいたのだが、そのあいだなにひとつ戯作を完成させようとしなかったので、師匠のおかみさんから、「もう、いいかげんに出ていきなさいよ」と言われた。弟子《でし》になったことだけで満足してしまっていたので、これはしかたがなかった。

戯作者が駄目《だめ》になったときは、手妻《てづま》（手品）遣《づか》いで食っていこうと思った。子どものときに、猫が鳥になった手妻を見て、感激したことを思いだしたのだ。だが、これは噺家どころではなく、わずか十日で音《ね》をあげた。

かといって、地味《じみ》な仕事は厭《いや》だった。おもしろい仕事がしたかった。

ところが、おもしろいと思ったものには、どれもなれなかった。おもしろい仕事というのは、一人前になるのが難しいのだ。

親の忠告《ちゅうこく》を聞けばよかったのか、と思うこともある。堅気《かたぎ》の職人になれとずいぶん言われたが、結局、言うことを聞かなかった。

あげくは、遊び人である。

もう三十三になった。この歳《とし》でいまさら修業もねえだろう。

――江戸へ帰ったら、どうしようか……。

こういう生き方でずっとやっていけるとは、さすがに思わない。どこかで堅気になり、しょぼい人生で諦《あきら》めるしかなくなるのだろう。見渡せば、そういうやつばかりではないか。相撲《すもう》取りに憧れた借金取りや、くじら獲りに憧れた金魚売りだとか……。

付き合っている女のことを思いだした。あいつも、おれにはしっかりやれだのと抜かすくせに、てめえは飲み屋の手伝いじゃねえか。いつ女郎《じょろう》屋に落ちたって、なんの不思議《ふしぎ》もない。おれもあいつも、なんにも手に職をつけずにやってきた報《むく》いってものだろう。

それにしても腹が減《へ》った。

ちょろちょろと水の流れる音がした。

湧《わ》き水があるらしい。

近づいて、水の出るところを見つけた。下には石の手水鉢《ちょうずばち》が置かれ、柄杓《ひしゃく》もある。うまい水だった。権次はこれを腹いっぱいになるほど飲み、近くの石組の陰《かげ》にしゃがみこんだ。

ここは、どうやらお寺の境内《けいだい》のようだった。

しばらくすると、

「どうにもこうにも秘密が重すぎましてな」

という男の声がした。

「秘密というのは重いものですからな」

「わたしは、近頃の頭痛のひどさからしても、そう長くはないと思うのです。だから、あの世まで持っていってもいいのでしょうが、毎日、気分がすぐれなくて……」

「ご安心なさい。わたしはけっして他言《たごん》しません。青兵衛《せいべえ》さん。お忘れかな。拙《せつ》僧《そう》は仏《ほとけ》に仕《つか》える身ですぞ」

どうやら、秘密を持った青兵衛という男が、寺の和尚《おしょう》に何事かを打ち明けようとしているらしい。

——こりゃあ、おもしろそうだ。

おおかた、他人の女房《にょうぼう》を寝取ったとか、その手の話だろうと思いつつ、櫂次は耳を澄ました。

「わたしは、あの人のお父さんにずいぶんとお世話《せわ》になりましてね。そのため、どうしても依頼を断わることができなかったのです……」

打ち明け話がはじまった。

顔は見えない。ふたりとも声しか聞こえない。小さな声だが、石組のすぐ裏である。ひと言も洩《も》らさず、よく聞き取れた。

長い話になった。

話の中身は、想像とはまるで違ったものだった。

へえ、と思った。しらばくれた野郎《やろう》がいるもんだとも。そういうやつが、この世では偉《えら》そうにしているものだ。青兵衛はもっと早く、世間にぶちまけてしまえばよかったのだ。

話が終わり、ふたりがそれぞれの感想にひたっているような沈黙《ちんもく》のあと、

「ううう」

不意に苦しげな声がした。

「どうなさった青兵衛さん」

「いや、打ち明け終えてほっとしたのか、胸が痛みだしまして。うっ」

おそらく心ノ臓《しんのぞう》の発作《ほっさ》だろう、と櫂次は思った。気鬱《きうつ》がひどいと、心ノ臓の発作を起こしがちだと聞いたことがある。

「これ、青兵衛さん、しっかりなされ。金念《きんねん》、金念はおらぬか。お医者を呼んでくるんだ。早くだぞ」

和尚《おしょう》はあわてて本堂のほうに飛んでいった。

ちらりとのぞいた。どちらかが持ってきた提灯《ちょうちん》が、かたわらの燈籠《とうろう》に引っかけたままであり、青兵衛とやらはよく見えた。地べたに倒れ、真っ白な顔でぴくりとも動かない。

和尚は水を汲《く》みにいったらしい。井戸《いど》で桶《おけ》を引きあげる音が聞こえている。

青兵衛は、声から想像したよりは若そうだった。それでも六十はいっているだろう。

どう見ても助かりそうもなかった。

——これは大変な話を聞いたのだろうな。

だが、どうやって金にするかが難しそうだった。

ひと月ほど経《た》って――。

「利完《りかん》さま……」

十歳くらいの小僧が、恐るおそるといった調子で、千利完《せんの》に話しかけた。近くの菓子屋の小僧で、追加の菓子を届けにきたのだった。

「どうした？」

「いま、そこの裏口から帰ろうとしたら、利完さまに会いたいという人に声をかけられました。おいらはここの者ではないので、取り次ぎはできないと申しあげたら、陶工《とうこう》の青兵衛さんのことで話があると、それだけ言ってくれと」

「青兵衛……」

利完の顔が緊張《きんちょう》を帯《お》びた。

「わかった。ここに来るように言っておくれ。おまえはそのまま裏からお帰り」

「はい。では……」

小僧は頭を下《さ》げ、裏口のほうへ向かった。

小僧と入れ替わりになるように、三十なかばほどの貧弱《ひんじゃく》な身体の男が、にやにやしながらやってきた。櫂次だった。

「どうも、どうも、東千家《ひがしせんけ》の家元《いえもと》であられる千利完さまでいらっしゃいますな」

いかにも胡散《うさん》くさい男の出現に、利完は警戒《けいかい》をあらわにした。

ただ、男の身体は貧弱で、五尺七寸を超す偉丈夫《いじょうふ》である利完が肉体的な恐怖を感じることはなかった。

「え、家元がこんなに若いので？　おいくつですか？」

「そうだが、なにか？」

「ああ、おやじさんが家元だった？」

「三十三ですが」

「なるほどね。あっしも同じ歳《とし》ですが、このざまですよ」

「そうですけど」

そんなことはどうでもいい。

「なにか？」

と、話の先をうながした。

「ええ。陶工の青兵衛さんのことで話があるんです」

「青兵衛さんは、先月の末に亡くなったよ」

葬儀には行けなかったが、遣いの者を出し、かなりの香典《こうでん》を届けさせた。

青兵衛の身内は恐縮《きょうしゅく》し、ていねいな礼状も持ち帰ってきた。

「あ、もうご存じでしたか。あっしは空《す》き腹で力が入らず、十日で来れるところを二十日もかかってしまいましたからね。しかも、こちらの家がわかるまで、四、五日かかってしまいまして」

「それで?」

「じつは、その青兵衛さんのいまわの際《きわ》に立ち会う羽目《はめ》になりましてね」

「………」

「最後の告白を聞いてしまったのです。このことを告げずには、死ぬに死ねない。何千人もの弟子たちが、千利完さまに騙《だま》されているのだと」

「なにをくだらぬ。そなた、どこのなんという者だ?」

「なあに、そんなことはどうでもいいでしょうよ。それより、じつはこんな話を瓦版《かわらばん》にしようと思うのですよ。三千枚ほど刷《す》ろうかなと思ってる。だが、三百両ほどで買い取ってもらえたら、やめにしますが」

そう言って、手書きの草稿《そうこう》を見せた。絵は入っておらず、紙面の半分ほどに文が書きつけてあった。さっと斜《なな》めに目を走らせただけで、書いてあることはわかった。それは嘘《うそ》ではなかった。

おそらく細かい誤解はあるのだろうが、大筋《おおすじ》はまぎれもない真実だった。

大金ではあるが、どうにかできない額《がく》ではない。

ただ、この手のやつはそれだけでは終わらない。一度やれば味をしめ、結局は死ぬまでこれで食おうとする。絶対に金を出してはいけない。

といって、事実をあきらかにされるのは困《こま》る。

「へえ、もしかして、それが桃井戸《ももいど》の茶碗《ちゃわん》というやつですか」

これから使う茶器を並べておいたのだ。なかでも桐《きり》の箱の上に置いた茶碗が、いかにも大事そうである。

「触るな」

「それはないでしょう」

「穢《けが》れる」

「へえ。あんたはそんなにきれいなんですかい」

と、馬鹿《ばか》にしたように笑って、無理《むり》に取った。

「よせと言っただろう！」

手を伸ばして相手の喉《のど》をつかみ、茶碗を取り返すと同時にそれで頭を殴《なぐ》った。

ぱんと不思議《ふしぎ》な音がして、茶碗が割《わ》れた。ばらばらっと破片《はへん》が下に落ちた。


「三百両……」

「え？」

思わず殴《なぐ》ってしまった利完も驚いたが、殴られたほうも驚いた。

茶碗といってもぶ厚くて重い。かなりの衝撃《しょうげき》である。

ふらふらしている。だが、致命傷《ちめいしょう》にはなりえない。利完の心に強い恐怖が湧いた。

これで逃《のが》したら、なにを言われるかわからない。

今度は、そばにあった鉄の釜《かま》で殴った。平たい釜で、一門の者は苔亀《こけがめ》の釜と呼んでいた。それで何度も、強く叩《たた》いた。

権次は目をひんむきながら、真後ろに倒れた。

「あ……」

利完は驚いたように、権次を見た。

しゃがみこんで、肩を揺すった。

「おい、おい……」

息をしていなかった。殺してしまった。

「なんてことだ……」

口に手をあて、考えこんだ。

「どうしたらいい……」

いろんな事態を考えた。愕然《がくぜん》としているのに、頭はまわった。

――秘密を知っているのは、こいつだけだろうか？

おそらくそのはずである。知っている者が少ないから、強請《ゆす》ることができるし、金にもなる。こういうやつは、金になることを他人に教えたりはしない。だから、ほかに知る者はいない。

――だが、ここに来ることくらいは話したかもしれない。

この家を知るのに四、五日かかったと言っていた。ということは、誰かに訊いたのだ。つまり、この男がわたしの家を訪《たず》ねたと知っている者はいる。

だが、家は調べたけれど、あいつがここに来たという証拠《しょうこ》はないのだ。それは、知らぬ存ぜぬで押し通すことができるだろう。

――下手《へた》な細工はせず、このまま川に流そう。

利完の家の裏には、川が流れている。これを借景《しゃっけい》にして庭をこしらえた。渋谷《しぶや》川の下流で、ここ麻布二之橋界隈《あざぶにのはしかいわい》では、新堀《しんぼり》川とも呼ばれている。

ここは離れの仕事場である。

利完は、母屋《おもや》の気配をうかがった。内弟子が何人かいるが、あの者たちは呼ばないかぎりこちらには近づかない。

男を引きずり、庭の隅《すみ》まで運んで、そっと川に入れた。

そう速くはないが、かすかに上下しながら流れていく。

どこかで引っかかるか、海まで流れるのか。もちろん、海まで流れて、魚の餌《えさ》になってくれるのがいちばんありがたい。

川の周囲は大名屋敷が多く、ひとけも少なければ、明かりも乏《とぼ》しい。夜のうちに見つかることはないだろう。

仕事場に戻ると、あの男が持ってきた紙が落ちていた。

もう一度、読む。青兵衛しか知らないことが書かれてある。

青兵衛は、心ノ臓《しんのぞう》の発作《ほっさ》で亡《な》くなったと聞いた。いまわの際《きわ》に立ち会ったというのは本当かもしれない。それにしても、どこの馬の骨とも知れないやつに話すものだろうか。やはり、ほかにも知っている者はいるのか……。

丸めて火にくべた。

いくつものかけらになってしまった桃井戸の茶碗は、もはやごみ同然である。

――ほかに、やるべきことはないか。

考えこむ。思わぬ事態で、これでは秋の催《もよお》しも変更を余儀《よぎ》なくされるだろう。

しばらくして、母屋《おもや》から内弟子のひとりがやってきた。

「お師匠《ししょう》さま。松平信濃守《まつだいらしなののかみ》さまが……」

「お見えになったか」

今宵《こよい》は茶会の約束があった。

母屋に向かおうとして、利完はふと、足を止めた。

――そうか、信濃守さまに……。

二

麻布を流れる新堀川で死人があがった。それも殺されたものらしい、というので、番屋から北町奉行所に報《しら》せが走った。

亀無剣之介がぶつぶつとつぶやきながら、小者の茂三とともに芝築地《しばつきじ》同朋町《どうぼう》にやってきたのは、五つ半ほどになったころだった。

「まいったなあ。おいら、今日は娘と花火をする約束になっていたんだぜ。こういう約束を破ると、なんというか、信頼が失われるんだよなあ」

志保も来ることになっていて、亀無もきれいに月代《さかやき》を剃《そ》り、風呂にも入って、さあ行こうかというときになって、呼びだしがかかったのだった。

事情があったのは、茂三も一緒らしい。

「旦那、それはあっしも同じですって。小者のあっしなんざ文句《もんく》を言える身分じゃねえですが、妹夫婦が明日から富士参《ふじまい》りに行くというので餞別《せんべつ》を渡し、土産《みやげ》はなにがいいかって訊かれたところで、旦那からの呼びだしです。このままだと、餞別だけは取られて土産はなしという、きわめて理不尽《りふじん》な事態に陥《おちい》ります」

茂三は、この男らしい理屈《りくつ》っぽい言い方で愚痴《ぐち》った。

「でも、そりゃあ、たいした用事じゃねえだろ」

と、亀無が言うと、

「旦那のだって、明日に延ばせばすむことでは」

茂三は言い返した。

「それもそうか」

亀無はよく言えば素直《すなお》である。ただ、小者に対して威厳《いげん》はない。

「旦那、あそこの番屋でしょう?」

茂三が指を差した。町役人や野次馬らしき連中が集まっている。

「よう。北の亀無だ」

ちぢれすっぽんだ、というささやきが聞こえ、

「お疲れさまにございます」

と、町役人が頭を下《さ》げた。

「仏は？」

「まだ、現場に置いてあります」

番屋からもすぐのところで、川岸に引きあげられ、むしろがかけられていた。そのむしろに螢《ほたる》が数匹とまって、亡骸《なきがら》の魂《たましい》のように青くあえかな光を点滅させていた。

番太郎の話によれば――。

遺体《いたい》は、夕涼みの屋形船《やかたぶね》の客たちが発見した。品川沖《しながわおき》まで出て夜釣《よづ》りをして、釣った魚を天ぷらにして食おうという趣向《しゅこう》だったらしい。

船を出したら、いきなりの死体である。

楽しみにしていた客は、がっかりしてしまった。

しらばくれて船を出してしまえと言う客が多かったが、さすがに供養《くよう》しないとまずいと思い、知り合いの船頭に屋形船を手伝ってもらい、見つけた船頭が残って番屋に届けたということだった。

亀無は、番太郎の話を聞きながら、しゃがみこんで遺体を調べはじめた。

川を流れたせいで、血がだいぶ洗われてしまったが、頭の傷《きず》がひどい。額《ひたい》が砕《くだ》かれている。

ここまで殴《なぐ》るのは、よほどの恨《うら》みがあるか、強い恐怖のせいだろう。

ほかに斬られた傷などはなさそうである。

――ん？

背中から陶磁器《とうじき》の破片《はへん》が出てきた。

一片が二寸ほどの三角形をしている。いくらか湾曲《わんきょく》もしている。

「これで殴られたのでしょうか」

と、ここの町役人が訊いた。

「うん。だが、この傷はもっと重いもので殴られたのではないかな。こっちのほうがそうかな」

髷《まげ》の脇あたりに、たんこぶらしきものがあった。

かけらは大事な証拠である。手ぬぐいに包んで、袂《たもと》にしまった。

「ほかに持ち物はあったかい？」

「ええ。巾着《きんちゃく》と、煙草《たばこ》入れです。もしかしたら、川底に落ちたものもあるかもしれません。明日にでも探してみましょうか？」

「そうだな。ざっと見てもらおうか」

とは言ったが、ほとんど期待していない。

だいいち、川の底にあってもこの男のものとはかぎらないし、関係ないものを一緒にすると、逆に混乱したりする。

巾着に中身はほとんどない。そもそも物盗りが狙《ねら》いそうな男ではない。

煙草入れは安物だが、煙管《キセル》は銀《ぎん》製の上等なものである。

名前が刻《きざ》まれていた。難しい字で、亀無は目を近づけた。舟を漕《こ》ぐ櫂の字である。

「櫂次だな」

「自分のものでしょうか？」

と、町役人が訊いた。

「たぶんな」

でなかったら、名前のところは削《けず》っている。

ほかとくらべて極端《きょくたん》にいい品は、たまに景気のいいときに買ったりしたものであろう。浮き沈《しず》みの激しい暮らしを送ってきた男なのだ。

手や指に一生懸命、働いた跡《あと》はない。筋肉も発達していなければ、日焼けもたいしてしていない。酒の飲みすぎらしく、鼻の頭が赤かった。

「遊び人だ。博打《ばくち》もやってきただろう。その筋で訊いてみようか」

と、亀無は眠そうな目で言った。

三

翌朝――。

夕べは遅くまで大変だった。

暑い時季《じき》なので、早く茶毘《だび》に付さなければならない。無縁仏《むえんぼとけ》にならないよう、身体の特徴《とくちょう》を細かく書き記《しる》し、持ち物を外《はず》し、きちんと保存するようにした。あとで縁者《えんじゃ》が出てきたときのため、髷《まげ》も切っておいた。

そんなこんなの仕事をこなしたため、まだ疲れが残っている。定町廻りの先輩同心たちからは、三十代のうちは疲れないのだとこきつかわれるが、三十代だって疲れる。

今日も本当なら非番なのだが、夕べ、殺しを担当させられ、翌日、いきなり休みというわけにはいかない。

だが、茂三を先にやって、調べがあるという名目《めいもく》で一刻ほど遅れて出ることにした。

毎日、ひどい暑さが続いている。適当に身体を休ませながらやらないと、身がもたないではないか。

とはいっても、殺しのことは気になっている。

朝飯のあと、縁側に寝転び、

「ううむ。いまのところ、手がかりはこれだけか……」

遺体《いたい》の背中から出たかけらを眺《なが》めた。

「なんか、違うな」

台所仕事をしてくれている婆《ばあ》やに頼み、家の茶碗や皿を持ってきてもらう。自分のところの陶器《とうき》とくらべようというのだ。

飯盛り茶碗、湯《ゆ》呑み茶碗、皿などの陶器をすべて並べ、ひとつずつ確かめる。

厚み、色、かたち、どれも違う気がする。とくに絵や模様《もよう》があるわけではない。

見たことがない花が咲き誇《ほこ》っていたり、仙人《せんにん》が空を飛んだりもしていない。

しかし、このかけらから、なにやら品格のようなものが漂《ただよ》ってくるのは気のせいだろうか。

普通の陶器とは違う。まったく違う。一個ずつ、ていねいに作られたものであり、そのうえ大事に扱われた感じもする。

梅檀《せんだん》は双葉《ふたば》より芳《かんば》しと言うが、名器はかけらでも立派《りっぱ》だとか、そういう格言《かくげん》もあるような気がした。

眺《なが》めていると、志保がやってきた。

「まだ、いらしたのですか」

「夕べ、遅かったのでね」

にゃん吉も一緒である。

「ああ、にゃん吉、いらっしゃい」

おみちが、抱いてそっと畳に降ろすと、自分も腹這《はらば》いになって猫の視線に合わせた。

そういえば——と、以前に扱った小鳥の茶碗の事件を思いだした。

芝田《しばた》町の鳥屋のあるじが、鳥の籠《かご》の中に餌《えさ》入れとして名器の井戸の茶碗を入れていた。この器《うつわ》の価値《かち》を知っている者が、鳥を飼《か》うふりをして茶碗も一緒にもらおうとする。だが、おやじはちゃんと価値を知っていて、その茶碗は外《はず》して売りつける。

客のずるさを知り尽《つ》くした商売だったが、結局、井戸の茶碗に魅入《みい》られた大家に殺されてしまったのである。

あの事件では、井戸の茶碗という名器が鍵《かぎ》になったが、あれはたしか、明るい枇杷《びわ》色をしていたはずである。

これは桃《もも》色をしている。

だが、肌触《はだざわ》りというか、風合《ふうあ》いというか、よく似ている気がした。

「なんですか？」

と、志保がそのかけらを見て、訊いた。

「なあに、殺された男の背中に入っていたんです」

「まあ」

「これがどうも、ただの陶器のかけらじゃないような気がする」

「本当。きれい」

「志保さんの知り合いに、お茶の師匠《ししょう》とかはいませんかね」

「いますよ。兄が一時期習った、東千家の茶の湯の師匠が、この八丁堀に」

八丁堀には文化人が多い。

「そいつは好都合《こうつごう》だ」

「でも、ちょっと変わった人ですよ」

「それについちゃ、おいらたちも他人のことは言えねえから」

「そうよね」

と、志保は笑った。

さっそく亀無は、志保とともに出かけた。

ほんの一町ほど歩いたあたりである。

「そこよ……」

長屋だが、庭が表通りに面し、どことなく風流な趣《おもむ》きが漂《ただよ》っている。

志保が庭先から声をかけた。

「風々《ふうふう》先生」

「おう、これは松田さまの美しい妹御。さ、さ、どうぞ。庭から入られい」

茶人らしくない軽い調子である。

「あいかわらずですこと。吉野《よしの》風々先生、こちらはあたしの幼なじみで、臨時廻りの同心をなさっている……」

「亀無剣之介と申します」

亀無は頭を下《さ》げながら、ああ、この人がそうか——と思った。

ときどき通りで見かける変人だった。

歳《とし》は四十くらいか。ぶ厚い眼鏡《めがね》をしていて、目が大きく見える。

いつも腕組みをして、考え事をしながら歩いていた。機嫌《きげん》が悪いというのではないが、ないが、ときどき難しそうな顔で空や川を眺《なが》めている。

蕎麦《そば》屋の前で巾着《きんちゃく》の中を数え、食うかどうか迷っているらしい光景も見たことがある。あまり裕福そうには見えなかったが、しかし八丁堀の店賃《たなちん》はほかより高いのである。ある程度の実入《みい》りはあるはずだった。

「お茶の師匠《ししょう》でしたか」

「なんだと思いましたか」

「絵描きの先生あたりかなと」

絵描きには変な人が少なくない。茶人が意外だったのは、わびさびの感じがまったくしなかったからである。

「絵描きのほうがよかった」

「おや、そうなんですか？」

と、志保が訊いた。

「そりゃそうさ。茶なんざよくわからない。実体がない。絵も文も描いたものはそこに残る。茶は飲めば終わりだ」

「だが、人々の記憶《きおく》には残りますよ」

と、亀無はお世辞《せじ》を言った。

「なあに、水飲んでもお茶だ。そのうち、どうでもよくなる」

などと、風々先生はわけのわからぬことを言った。

「茶談義はともかく……」

と、亀無はかけらを出した。

「じつは、昨夜、殺された男の背中に入っていたものでしてね」

「これが……」

気味《きみ》が悪そうにした。血や肉片でもついているかと思ったのだろう。

「大丈夫《だいじょうぶ》です。きれいなもんですよ。ただ、これをじっくり見ているうちに、もしかしたら茶器のかけらかなと思ったのです」

「ほほう、なるほど」

「見当違《けんとうちが》いでしょうか」

「いや、この厚さといい、釉薬《ゆうやく》のかかり具合《ぐあい》といい、なかなかいいところを突いたんじゃないの？」

そう言って、風々は自分の茶器をひととおり持ってきて、いろいろと見くらべた。亀無が今朝ほどやったのと、似たようなことをしている。

「このかけらから、全体を想像するのさ。こういうことは、素人《しろうと》にはできぬだろう。ある種の、美しいものを見続けてきた人間の、特殊な頭脳でないとできぬことなのだ」

と、今度は自慢《じまん》げに言った。自慢したり卑下《ひげ》したり、忙《いそが》しい人である。

「はあ……」

亀無には、それほどのことではない気もする。

「おそらくこれくらいの大きさだな」

両手で持つ仕草《しぐさ》をした。かなり大きい。

「たしかに茶の湯に使う茶碗だ。だが、この色……」

「色がどうかしましたか？」

「ううん、まさかなあ」

「どうなされた？」

「いや、わしも自信はない。こんなふうにかけらで出てくるかのう」

「なにが？」

「井戸の茶碗」

「やはり」

茶人たちにこよなく愛されてきた李朝《りちょう》の高麗《こうらい》茶碗である。素朴《そぼく》な味わいがわびさびの世界にしっくりいく――と、それはまた聞きしたことで、亀無の実感ではない。

「いや、井戸の茶碗のなかでも、桃井戸の茶碗と呼ばれる、世にふたつとない名器なのではないか？」

と、風々先生は言った。

「なんと」

「たしか、これをお持ちなのは、東千家の……」

「師匠《ししょう》と一緒ではないですか」

「うむ。うちの家元の千利完だけだと思ったが」

「千利完とは？」

「千利休《せんのりきゅう》の再来などと呼ぶ人もいるほどでな。まだ、若いのさ。三十三だもの」

「三十三。おいらよりふたつも若い。たいしたものですなあ」

「それを言ったら、わしより十歳近く若いのだから、立つ瀬がなくなっちまうよ」

るらしいな」

「家元になったのはいつですか?」

「三年前に父が亡《な》くなって、跡《あと》を継《つ》いだ。弱冠《じやつかん》三十で数千の弟子の頂点に立ったのだ。それから次々に新しいことを手がけ、世間の注目を集めた。今年の秋にも、なにか大きな会を催《もよお》す。どうも、そこで千利完はさらに殻《から》を破るようなことをするらしいな」

口ぶりからすると、その家元のことを全面的に信頼しきっているわけではないらしい。

「家はどこなんで?」

「たしか麻布二之橋の近くだったか。わしは行ったことはないけどな」

「ないんですか?」

「行くやつもいるよ。年始の挨拶《あいさつ》やらなにやら、要はお世辞《せじ》を言いにいく。だが、わしは行かない」

「でも、行かないとまずいのではないですか?」

「まあ、あいだにひとりいるからな。日本橋の支部主が」

「なるほど。家元からしたら陪臣《ばいしん》というわけですな」

と、からかったが、

「まあな」

風々先生は動じない。

「それにしても二之橋ですか……」

櫂次が見つかったのは、新堀川の中之橋の近くである。その二町ほど上に架《か》かったのが一之橋、さらに二町ほど上が二之橋だった。

「……すぐ近くだなあ」

「ふうむ。だが、下手人《げしゅにん》は、茶の湯に関係する者ではないな」

「そうですか？」

「そりゃあ、そうだ。それほどの茶器で、人の頭を殴《なぐ》るやつは、まあ下っ端《ぱ》の弟子ならともかく、茶人を名乗るような者のなかにはおらんな」

と、風々は自信たっぷりに言った。

四

奉行所にはちらっとだけ寄り、先に来ていた茂三を連れて、麻布の千利完宅を訪《たず》ねた。

忙《いそが》しい人のはずだから、会えるかどうかはわからないが、それでも挨拶《あいさつ》だけはしておくつもりである。今後、何度か話を訊くことにはなるだろう。

家は新堀川の川っ淵にあった。

いかにも風流な人物が住む家である。けっして派手《はで》ではない。むしろ地味《じみ》と言ってよい。

前の道を歩けば、昼のあいだに夜がはさまったような、暗く沈《しず》んだ、たたずまいに感じるのではないか。おや、と思って戻ってみると、そこに家がある。小さいわけではないのに目立たない。

黒板塀《くろいたべい》というより、焼け残った木材で作ったような色合いの塀である。上下からはみ出ているのは、松やら竹やらの洒落《しゃれ》た木ではなく、雑草《ざっそう》と雑木《ざつぼく》である。門は小さく、茅葺《かやぶ》きの屋根がちょこんと載っていた。

「茂三、ちと門を叩《たた》け」

「なんだか臆《おく》してしまいますな」

「臆してどうする」

「旦那《だんな》だって……」

ぐずぐずやりとりをしていると、かたりと音がして、門の戸が開いた。宗匠頭《そうしょうず》巾《きん》をかぶった男が、供《とも》の者らしき男を連れて出てきた。

「あの」

と、亀無が手を頭にあてて、恐縮《きょうしゅく》したような顔で近づいた。

「なにか」

「千利完さんで？」

「そうですが」

若い。三十三と聞いていなかったら、二十代に思っただろう。おそらく童顔《どうがん》のせいである。

この顔は、茶道《さどう》の家元としては得《とく》ではないかもしれない。風格《ふうかく》よりは、愛らしさを感じてしまったりする。

「じつは、お訊きしたいことがありまして。これなのですがね」

と、破片《はへん》を見せ、

「桃井戸の茶碗の破片ではないかと思いましてね」

「桃井戸の茶碗がどういうものか、おわかりなので？」

「だいたいは。世にふたつとない名器だそうで」

「ま、ふたつ以上あるかもしれませんが、まれにしか出会うことはできませぬ」

「朝鮮《ちょうせん》のものだそうですね」

「そうですが、朝鮮に行けばかならず見つかるというものでもないですよ」

「そうなんですか」

「桃井戸の茶碗は、朝鮮で見つけたとか、当家に代々《だいだい》伝わったというものではないのです。むしろ、それまで世に沈《しず》んでいたものを、わたしがその価値《かち》を見つけ、有名にしたのです」

自慢《じまん》げではないが、自信に満ちた口調で言った。

「これは、どうでしょう？　やはり桃井戸の茶碗でしょうか？」

「さあ、破片で見たことはないので」

と、利完は皮肉《ひにく》な笑いを浮かべて言った。

「そりゃあそうですよね。だが、こちらにあるというのは？」

「ありました。いまはもう、わたしものではありません」

「どうなされたので？」

「すれ違いですね。昨夜、松平信濃守さまにお譲《ゆず》りいたしました」

大大名《だいだいみょう》である。たしか若年寄《わかどしより》の候補とも言われていたはずだ。

しかも、昨夜……。

亀無の頭が混乱した。

「そうでしたか。大変、失礼いたしました」

「で、このかけらがどうかしたのですか？」

「あ、いえ、千利完さんにわざわざ申しあげることでもないので」

「…………」

利完は亀無の目を見、茂三を見、静かに二度うなずいて歩きだした。

五

「お師匠《ししょう》さま。いまのお侍は、奉行所の人ですよね」

利完のお供《とも》の半七《はんしち》が歩きながら言った。半七は子どものときからの弟子で、いまは二十二になった。素直《すなお》な性格だが、身体も大きく腕っぷしも強い。外を歩くときに供をさせると、なんとなく安心感があった。

「そうだな」

と、利完はうなずいた。

黒羽織《くろばおり》に着流し。十手《じって》も差していた。

誰でもひと目でわかる。

ただ、全体の印象は、まるで同心ぽくなかった。

髷《まげ》が変だった。町方の同心たちは小銀杏《こいちょう》と呼ばれる、小さくぴちっとまとまった髷にしている。だが、あの男は違った。ちぢれっ毛なのだろうが、それがそこらじゅうからはみだし、鳥の巣《す》のようになっていた。

話し方もどこかおどおどして、こちらを気遣うような感じもあった。普通、町方の同心などはもっと横柄《おうへい》で、あんな態度はしない。

「あ、そういえば……」

と、半七が言った。

「どうした?」

「昨夜、新堀川の中之橋のところで死体が見つかったとか。飯炊きの婆《ばあ》さんが言ってました」

「中之橋のところ……」

新堀川は一之橋のあたりで、ほぼ直角に右に曲《ま》がる。その少し先が中之橋である。海まで行くどころか、ほんの数町くらいしか流れなかったのだ。

「その調べで動いているのでしょうか?」

「半七。そんな嫌《いや》な話は、しなくてもよい」
と、利完は強い口調で言った。
「あ、申しわけありませんでした」
半七は頭を下《さ》げ、口をつぐんだ。
三田小山の坂を、ゆっくりとのぼる。
今日の昼過ぎからは、近くの大名屋敷で大名家のお姫さまたちに稽古《けいこ》をつける
ことになっていた。お茶の稽古とはいえ、どこか華《はな》やいだ感じになってしまう。
それは若い利完にとって、嬉《うれ》しくないわけではない。
だが、今日はとてもそんな気にはなれないだろう。
――さっき、顔色は変わらなかっただろうか……。
千利完はそのことを心配した。青ざめたり、固くなったりしていなかったか。
あの思わせぶりな問いで顔色が変わっていたら、完全に疑《うたが》われてしまう。
たぶん大丈夫《だいじょうぶ》だとは思う。つねづね平常心を保《たも》つ訓練を重ねている。だが、そ
れが心配になるくらいに、じつは驚いた。
――まさか、破片《はへん》が見つかるだなんて。
あの男の頭を殴《なぐ》ったときに、背中のあたりから入ってしまったのだろう。思い

がけないことが起きるものである。

だが、それよりもさらに驚いたのは、破片だけで桃井戸の茶碗かもしれないと疑い、これほど早く利完のところまでやってきたことだった。

江戸の町奉行所というのは、それほど有能なのか。

いまの男を見たかぎりでは、とてもそんなふうには思えなかった。

昨夜の自分は不思議だった。

怖《おそ》れていたことが、ついに起きたと思った。三年間、どこかで怯《おび》え続けてきたのだ。すると、とっさにあの茶碗で頭を殴ってしまった。殴られたほうも驚いたようだった。

茶碗自体を割《わ》ってしまいたい気持ちが、意外に強くあったのかもしれない。

訪《たず》ねてきたのは、何者ともわからぬ、初めて会った者だった。

身なりは貧《まず》しく、顔つきも卑《いや》しかった。ろくなやつではなかったことは、間違いない。

やはり、誰かに話していたのだろうか。いまから、東千家の家元・千利完のところに行くのだ、とでも。そして、その理由も……。

だとしたら、すぐにわたしの名があがり、下手人《げしゅにん》として疑いをかけられても不思議ではないだろう。

いや、あの者とて、これから善事《ぜんじ》をしようとしていたわけではないのだ。

だったら、利完のことや、訪ねる理由など、他言《たごん》するはずがない。

あの同心にしても、そうしたことはなにも知らない様子だった。

――大丈夫だ。

利完は自分に言い聞かせた。あんなやつと自分は、なんのかかわりもない。いっさい知らない。それで押しきる。

坂をのぼりきったあたりに、大名屋敷の門があった。

門番に声をかけ、中へ入るとすぐに、

「あ、利完さまが」

と、声がした。江戸家老の娘の千里《ちさと》だった。その向こうの離れには、ここの姫さまの姿も見えている。

千里は、むしろ姫よりも気品がある。お点前《てまえ》もさることながら、茶花《ちゃばな》の選び方に研《と》ぎ澄まされた感性が感じられる。

「やあ、千里さま」

「利完さま」

優しい笑みが、利完の屈託《くったく》を追い払う。

家元なんて大変なことだらけで、つねに方々《ほうぼう》に気を使っていなければならない。

ただ、武家のお嬢さまたちの独特の優しさは、そんな利完の日常に潤《うるお》いを与えてくれた。あの優しさは、世間の荒波にさらされないからこそ涵養《かんよう》される、貴重な美徳《びとく》なのだ。

――どうせ、調べなんかつくわけがない。

利完は、さきほどの妙《みょう》な同心のことを忘れた。

六

一日おいて――。

遺体《いたい》の身元が割《わ》れた。

神田《かんだ》の三ノ助《みのすけ》という五十過ぎの岡っ引きが聞きこんで、奉行所に報《しら》せにきた。

三ノ助は強面《こわもて》の外見のわりに、同心たちや町での評判は悪くない。なんでも四十近くになって岡っ引きになったため、人情の機微《きび》をわきまえているのだという。

それまでは、普通の小商人《こあきんど》をしていたとのことだった。

人形町《にんぎょうちょう》近くの賭場《とば》にときどき顔を出していた男に、耀次というのがいた。

「この男に間違いねえと思います」

と、三ノ助は低い声で亀無に言った。

小柄《こがら》で、眉《まゆ》が薄く、口の脇にほくろがあるという人相《にんそう》も一致した。

住まいは、浜町河岸《がし》の裏手の松島《まつしま》町だという。

大昔、ここらは町奉行所の同心たちが多く住む場所だったのだが、いまは貧乏人の多い荒れた感じがする町である。

松島町の遊び人が、麻布あたりになんの用事があったのか。

亀無は、小者の茂三を連れ、松島町に向かった。

聞きこんできた岡っ引きの三ノ助も、案内させないわけにはいかない。岡っ引きを連れて歩くのは好まないが、耀次の身元を探りあてた手柄《てがら》は認めてやらなければならなかった。

「こりゃあ、ひでえところだな」

裏に迷いこんだら出られなくなりそうな長屋である。

軒下《のきした》を通ると、家の中から、

「同心や岡っ引きがなんの用だ」

「早いとこ、五十人ほどしょっぴいてってくれ」

などという声も聞こえてくる。

三ノ助は気にせず、奥へ奥へと進み、

「ここです」

と、十手《じって》で長屋を示した。

建てて五十年も経ったような長屋だが、そんなわけはない。

江戸は何年かに一度、火事で焼けだされるので、古い建物はほとんどなかった。

古く見えるのは、焼け跡《あと》から拾い集めた古材《こざい》で作られたからだろう。一帯に焼け焦《こ》げた匂いが漂《ただよ》うのも、建物そのものが発《はっ》しているためだった。

棟割《むねわり》長屋で、四世帯ずつが背中合わせになっている。

櫂次の家はいちばん奥だが、陽があたるとか、窓があるとかといった利点はない。むしろ、共同の厠《かわや》の隣りで臭いがきついくらいである。

「家族はないようだな」

亀無が訊くと、

「ええ。ご覧のとおりで」

と、三ノ助は腰高障子《しょうじ》を開けた。

見事《みごと》になにもない。

「こりゃあ調べも楽そうだな」

と、亀無は笑った。

耀次の家の前にいると、呼びもしないのに長屋の連中が六、七人ほど集まってきた。もちろん、町方に対する好意も敬意もまったく感じられない。ただ、耀次のこと以外は突っこませないぞ、と堤《つつみ》を築《きず》くような囲み方であった。

「耀次が殺されたんですってね？」

と、女の着物を着た男が訊いた。

「ああ」

すでに大家には話したはずだから、店子《たなこ》に伝わっているのも当然である。

「あれは、半端者《はんぱもの》でさ。ちっとつらいことがあると仕事を辞《や》めちまうんだ。なんか夢でも見てたんじゃないのかね」

左目から口のところまで、大きな傷《きず》が走っている男が言った。

「そうそう。ここにいる連中はさ、昔は威勢《いせい》もよかったし、羽振《はぶ》りがいいころだってあったんだ。ところが、威勢がよすぎて喧嘩《けんか》で怪我《けが》をしたり、酒で身体を悪くしたり、そうやって落ちぶれてきたのがほとんどなんだよ。ところが、耀次は身体にどこも悪いところなんかなかった。あいつは、情けない根性だけで落ちぶれたんだ。あんなしょうもねえやつはいねえな」

もっともそう言った坊主頭《ぼうず》の男も、まともな職人や商人《あきんど》には見えない。

「いくつだったんだ？」

「三十三とか言ってたな。三十過ぎてあのざまだもの」

亀無のほうが少し上である。

歳《とし》が近いせいなのか、耀次の気持ちもわからないではない。

根性がないというのも、そこまで異常な心根《こころね》というわけではないだろう。辛抱《しんぼう》が大事なのはわかっているのだ。だが、できない自分がいる。そういう人間は、世の中にいくらでもいるはずだ。

それにしても、かなりだらしない男であったことは間違いないらしい。

「生まれもこのあたりかい？」

「いや、本所《ほんじょ》だと言ったのは聞いたことがある。おやじが最近まで生きてたんだよ。堅気《かたぎ》の職人で、何度かここに倅《せがれ》の様子を見にきたこともあったぜ。がっかりして帰っていったよ」

と、坊主頭が言うと、

「そら、そうだよ。倅がこんなところに住んでいたら、おれだってがっかりしちまうさ」

女ものの着物の男がうなずいた。

「擢次なんか殺したってしょうがねえだろうが、おおかた、盗《ぬす》っ人《と》の盗品でも置き引きしようとしたのが見つかって、てめえこの野郎《やろう》、がつん……てなもんじゃねえか」

大きな傷《きず》の男の意見に、何人かがうなずいた。

「そうだよ。それに決まってるぜ」

「勝手《かって》な推測《すいそく》をするなよ」

と、三ノ助が諫《いさ》めた。

「擢次に女はいたのかい？」

と、亀無が訊いた。

「いたよ。おたふく屋のおまめがそうだ」

ひとりがそう答えると、

「え、あいつ、あの女とできてたのか」

「おまめも男運はよくねえもの」

仲間うちからも驚く声があがった。

みんなが知っているのは、近くにある店だかららしい。

「櫂次と茶の湯のつながりってのは、聞いたことあるかい?」

この亀無の質問を、取り囲んでいた連中は鼻でせせら笑った。もっとも、ひとりふたりは、そもそも茶の湯のなんたるかがわからないようだった。

「そんなものあるわけねえでしょう」

「ただ、あいつ近頃、機嫌《きげん》はよかったね」

「ああ、そういえばよかったな」

「伊勢参りから戻ってからかな」

勝手に噂話がはじまったので、亀無たちはそっと退散《たいさん》することにした。

七

亀無と茂三と、三ノ助は並んで歩いた。

「ちっと休むか」

松島稲荷のそばの水茶屋に入った。

団子がある。一本ずつもらい、亀無が代金を払った。

甘いものを食いながら、冷やした麦湯《むぎゆ》をゆっくりすする。風が鬢《びん》のあたりを濡らした汗を、乾《かわ》かしてくれる。

できれば昼寝でもしたいくらいだが、

「ねえ、旦那《だんな》さま……」

と、茂三が言った。

「どうしたい？」

「あの、櫂次のおやじの話は身につまされましたね」

「そうかね」

茂三は、四十なかばである。

「あの気持ちばっかりは、倅《せがれ》を持ってみなければわからねえ」

「じゃあ、おやじのほうの気持ちがわかったんだな」

「いや、両方です。あっしのおやじは、あっしのことをあんなふうに見ていたんでしょう。それで、あっしは飛び出ていった倅を、同じ気持ちで見てるんです」

「ふうむ。複雑だ」

「複雑ですよ。でも、それはあっしらみてえな阿呆《あほう》の世界の話ですよ。一昨日《おととい》の、あのお茶の家元あたりになると話は違ってきますから」

「そうかね」

「そりゃ、そうですよ。茶の湯の師匠《ししょう》がそんなことをするわけがない。東千家の家元でしょ？　大名にも茶の湯の手ほどきをするほどの人ですよ。落ちぶれた生き方など、別の世界の話でしょう。ましてや、名器で人を殴《なぐ》るなんてことをするわけがない」

「ずいぶん肩を持つねえ」

「だいたい、あんな男を相手にするわけがない。なんのつながりもないし、それに立派《りっぱ》な人ですよ。旦那《だんな》は気づかなかったでしょうが、あの師匠は別れぎわにあっしにも頭を下《さ》げたんです」

「ほう」

「あれは、たいした人です。本物です。一級品ですな」

「ううむ」

「さっきのあの大きな傷の男、いいところを突いたんじゃねえですか。盗《ぬす》っ人《と》の盗品を置き引きしようとしたって。もし、名器だとしても、きっと盗品だったんですよ」

「ううむ」

たしかにその推理はわかる。誰でもそう思うだろう。

だが、亀無は、利完の顔を一瞬、通りすぎた悔恨《かいこん》の表情が気になった。

「あんたはどう思う？」

と、亀無は三ノ助に訊いた。

「さあ。まだ、よく……」

三ノ助は口をはさまない。岡っ引きにしては珍しく無口である。十手《じって》を返上させた位牌《いはい》の半次のように、ぺらぺらと一日中しゃべってまわるやつもいれば、三ノ助のように無口なやつもいる。

どこの世界にもいろんなやつがいるように、岡っ引きも人それぞれらしい。

「さて、おまめとやらのところに行ってみるか」

おまめが働くおたふく屋というのは、同じ松島町でも銀座寄りの蛎殻町《かきがら》のほうにあった。

店の前にはたくさんの鉢物《はちもの》が並べられ、緑が清々《すがすが》しい。ただ、さきほどの長屋の連中も出入りするくらいだから、障子《しょうじ》は穴だらけ、暖簾《のれん》も下が破けて雑巾《ぞうきん》のようになっている。敷居《しきい》は思いきり低そうである。

まだ店は開いていないが、中に人影があった。

「おまめはいるかい？」

と、亀無が声をかけた。

「あたしですが」

おまめは名前からして小柄《こがら》かと想像していたが、逆にずいぶんと大きい。

「死んだ櫂次のことだがな……」

そう亀無が切りだすと、

「え……死んだんですか」

「ああ。しかも、殺されたんだ」

「誰に？」

「それを調べてるのさ」

そこへ、野菜を仕入れてきたらしい店の女主人が戻ってきた。

「どうしたんだよ、おまめ。ぼんやりしちまって」

「おかみさん。櫂次が殺されたんだって」

「え、まさか……」

「あんなやつ殺したって、一文《いちもん》の得《とく》にもならないだろうに」

「まったくだね」

「喧嘩《けんか》ってことはないかね？」

と、亀無が訊いた。

「権次は喧嘩《けんか》なんてしませんよ。相手が怒ったらすぐに引いてしまう。遊び人のくせに争い事ってのはいっさい駄目《だめ》だったよ」

「そうなのかい」

「なんかあっても、あんまり他人のせいにはしないんです。自分が悪かったんだ、自分のせいなんだ……そんなふうに思うやつでした」

おまめはがっかりして腰をおろし、

「一昨日《おととい》もそこに座ってたんだよ。へらへらくだらないことを言いながら」

本気で悲しんでいる様子である。こんなおまめを見れば、権次も、以《もっ》て瞑《めい》すべしといった心境になれるだろう。

「権次はしばらく伊勢参りに行ってたんだろ」

「ええ。しょっちゅう行くんですよ。ほら、伊勢参りは路《ろ》銀《ぎん》があまりいらないから」

伊勢参りの人は、道中、さまざまな施《ほどこ》しを受けることができた。施しを与えれば、自分も功徳《くどく》を得られるというわけである。

「戻ってきてからは機嫌《きげん》がよかったってな」

「ああ。なんか金儲《もう》けを思いついたみたいなことは言ってましたね」

「金儲けを？」

「でも、あてになりませんよ、あんなやつ、しょっちゅうそういうこと言ってたんだから。おおかた、赤福餅《あかふくもち》の真似《まね》をして、江戸名物の青福餅を作って売ろうとか、その程度でしょう」

と、おまめが言うと、女主人も、

「ああ、言ってたね、それ。赤福だから縁起がよさそうなのに、青福じゃ福も逃げそうだって笑ったっけ」

「そうか。じゃあ、たいして手がかりにはならねえかなあ」

「と思いますよ」

「櫂次は、茶道《さどう》のことはなんか言ってなかったかい？」

「佐渡《さど》には行きませんでしょ。無宿《むしゅく》じゃないもの」

「いや、佐渡じゃなくて、茶道。茶の湯。ほら、お茶を点《た》てて、気どって飲んだりするやつ」

「ああ、あれ。あいつがそれをしてたかってことですか?」

「うん。わびだの、さびだのって世界」

亀無がそう言うと、おまめは「あはは」と口を開けて笑い、

「なにが関係ないって、あいつとわびさびぐらい関係のないものはないでしょうね」

店を出たところで、またも茂三が言った。

「旦那《だんな》。やはり、盗《ぬす》っ人《と》絡みは濃厚《のうこう》ですね」

八

次の日は、茂三が暑さのせいか腹をくだしたため、亀無はひとりで調べにまわることにした。茂三は丈夫《じょうぶ》な男で、この十年、風邪《かぜ》すらひいたことがないくらいだったが、そろそろ無理はきかない歳《とし》になってきたのだろう。

三ノ助もこちらの調べに未練《みれん》があるようだったが、別の同心の町まわりに付き合うよう言われたとのことだった。

亀無は、櫂次のことを考えながら、松島町界隈《かいわい》を歩いた。

櫂次という男は、性格はどうしようもなかったみたいだが、けっして馬鹿《ばか》ではなかったと思う。茶の湯と、そこらの出がらしのお茶を一緒にするようなやつではない。

だから、行きあたりばったりではなく、家元の自宅をつきとめたに違いない。

亀無の場合は、たまたま志保の知り合いにお茶の師匠《ししよう》がいて、東千家のことや家元の自宅を訊くことができた。櫂次もまた、そこらのことを誰かに訊いたのだろう。

松島町に住む貧乏人の櫂次が、どうにかして東千家の家元とつながったのだ。

今日も朝から、かんかん照りである。

歩いているうちに頭がふらふらしてきた。

夕べは寝不足だった。おみちが夜中に、仔猫のにゃん吉が死んだ夢を見たと言って泣きだしたのである。

「死んでなんかいないぞ。夜、隣りの前を通ったら、ちゃんと鳴き声もしていたから」

と言っても聞きやしない。

「死んだ、死んだ。にゃん吉は死んでしまった」

と、たいそうな騒《さわ》ぎだった。

それで、朝になるのを待って、松田家に行き、仔猫を貸してもらった。

「ほら、ちゃんと生きていただろ」

「にゃん吉……」

仔猫を抱きしめたらすぐに安心し、おみちはまたぐっすり眠ってしまった。

そんなわけで寝不足のうえ、この暑さである。

地面が蒟蒻《こんにゃく》を踏《ふ》んだみたいに、ぐにゃりと揺れた。

――おっとっと。

立ちくらみがして、思わず日陰《ひかげ》にしゃがみこんだ。

通りかかった水屋から、柄杓《ひしゃく》に一杯、水をもらい、どうにか落ち着いた。茂三だって歳《とし》かもしれないが、三十五も無茶はできない歳なのだ。

すうっと風が来た。

こういう恵《めぐ》みがあるから、人はどうにか生きていけると思う。

脇の暖簾《のれん》が、はたはたとなびいていた。

見ると「千」という字が目に入った。

気になっている字である。東千家の千。千利完の千。

もう一度、よく見ると、羊羹《ようかん》ほどの小さな看板《かんばん》に〈千一家《せんいちや》〉という屋号《やごう》が書かれてあった。

——ここは、店か？

まるで目立たない店である。泥棒だって、もう少し目立つ看板を出すのではないか。

あるじらしき男が、金魚とおしゃべりでもしそうな呑気《のんき》な顔で、桶と柄杓を持って出てきた。打ち水をしようとしたらしい。

「おや、奉行所の同心さま」

「うむ」

「ご気分でも悪いので」

「いや、暑さで立ちくらみがしたんだが、もう大丈夫《だいじょうぶ》だ。それより、おまえんとこは、なにを商《あきな》ってるんだい？」

「手前どもは、茶道具を扱っております」

「茶道具か。こんな貧乏人だらけの町で？」

「はっはっは。わびさびと貧乏とは、紙一重《かみひとえ》のところがありますから」

松島町に茶道具を売る店があるとは思わなかった。

それで、もしやと思った。

「ちと、つかぬことを訊くが」

「はい」

「近頃あんたのところで、東千家の家元のことを訊いた者はいなかったかい？」

「おりましたです」

まったく考えず、すぐに言った。

「そいつは遊び人ふうで、小柄《こがら》で眉《まゆ》が薄く、口の脇にほくろがなかったか？」

「ええ。鼻の頭が赤くなっていて」

「ああ、そうだ。櫂次って野郎《やろう》に間違いねえ。そいつは、まさか、ここのお得意ってことはないだろうな？」

「いや、違います。松島町の者だが、茶の湯の師匠《ししょう》のことで訊きたい、と。三日ほど前でしたかな」

「ほう」

「師匠といっても、いくつかの流派《りゅうは》があり、それぞれに家元やたくさんの師匠がいると申しあげました。すると、東千家の家元について知りたいのだと」

「教えたのか？」

「はい。ですが、知っているかぎりのことですよ。千利完さまは、いま江戸の茶の湯の世界では、有名な方でいらっしゃいますから」

「そうらしいな」

「だいたいのお歳《とし》と、独自《どくじ》の茶の湯の道を切り拓《ひら》こうとしていることなどをお教えすると、どこに住んでいるのだ、と訊かれました」

「ほう。あんた、知ってたのかい？」

「たまたまですがね。麻布の二之橋の近くに、瀟洒《しょうしゃ》なお住まいをお持ちですよ、とお教えしましたが」

教えられなかったら、櫂次は命を失わなかっただろうか。

いや、このあるじでなくても、いずれはどうにかして知ったに違いない。櫂次はやはり、馬鹿《ばか》ではなかったのだ。

「それから、どうした？」

「いや。あとは茶器について、いろいろ話を」

「どう見たって買いそうには見えなかっただろう」

「そりゃあそうですが、商《あきな》いというのは目先のことばかり見ていても立ちゆかなくなりますから。それに、貧乏はしてても、風流な心は持っている人に見えましたし」

「ほう。そんなふうに見えたかい」

初めて櫂次を褒《ほ》める声を聞いた気がする。

そうしてみると、櫂次は人生の最後に、自分をいいほうに理解してくれる人と出会ったことになる。

それも、この世の小さな恵みと言えるかもしれない。

九

日盛りを避《さ》け、夕方になってから麻布にやってきた。それでもいくつか坂をのぼりおりしたので、汗びっしょりになっていた。一度、川べりにおり、手ぬぐいを水にひたして汗をぬぐった。

それから、千利完の家の前に立った。

この国に何千といる弟子たち。その頂点がここにいる。千利完が右を向け、と言えば、数千の弟子が右を向くのである。

──おいらなんかが言っても、茂三だって右を向くかは怪《あや》しい……。

そんな男を引きずり降ろすことになるのかもしれない。

弟子たちは、どれほどの衝撃《しょうげき》を受けることか。

巨大な山が自分に向かって崩《くず》れ落ちてくるような気がして、ぞっとした。

なかなか門を叩《たた》く気になれない。この前みたいに、出かけるところに行き会わないかと期待していると、ちょうど駕籠《かご》がついて、利完が降りた。お供《とも》はおらず、ひとりで外出してきたらしい。

亀無がすばやく歩み寄った。

「櫂次は、どうもこちらに来たみたいなんですよ」

挨拶《あいさつ》も省略し、いきなり耳もとでそう言った。

「この家にですか？」

利完は表情を変えずに訊いた。

「そうです」

「見てませんね」

「だが、来たはずです。東千家の家元の自宅がこちらにあると知ったのです。一応、それだけを伝えておこうと思いましてね」

「それはわざわざ大変でしたな」

「ただ、あいつがなんで家元のところに来たのか。それがわからないんです。直接、家元に茶の湯でも習いたくなったのか……」

それだって、絶対にないとは言えない。

剣術を習ったばかりのくせに、宮本武蔵《みやもとむさし》に斬ってかかったやつだっていただろう。そいつは刀《かたな》で斬られ、櫂次は茶碗で殴《なぐ》り殺された。

「なにをしていた人なんですか？」

と、利完は訊いた。

「遊び人です」

「それじゃあ、わたしとはかかわりようがないじゃありませんか」

「そうなんです。ただ……」

「なんですか？」

「どうも付き合っていた女に、なにか言ってたようなんです。こそこそ話をしていて。でも、その女もいなくなってるんですよ。だから、一緒に殺されたのかなあと思って」

「ほう。わたしなら、櫂次とやらは、その女に殺されたのではないかと疑《うたが》いますがね」

「なるほど。すると、その女が桃井戸の茶碗を持っていたのですか?」

「桃井戸の茶碗のわけがないじゃありませんか。それは松平信濃守さまのお手もとにあるし、しかも見つかったというのは破片《はへん》でしょう」

「それは、まあいずれ。ただ、その女もなにか企《たくら》んでいるのかもしれない。もしも、変な女がうろうろすることがあったら、ぜひ、お報《しら》せください」

「わかりました」

利完は硬い表情で頭を下《さ》げ、門の中に入っていった。

もちろん、亀無が言ったことは嘘《うそ》である。

櫂次の女はおまめであり、おまめはなにも知らなかった。

だが、利完のような男に食いつこうとするときは、いくつもの真実だけでなく、いくつもの嘘も必要になる――それは亀無がいままでに学んできた、あまり自慢《じまん》できない調べの手口だった。


門を閉めた利完は、しばらくそこに立ち止まった。

――そうか。あの男は誰かにここを訊いてきたのか。

あのとき、来訪《らいほう》を取り次いだのは、この家の者ではなく、たまたま来ていた菓子屋の小僧だった。あの小僧のところまで調べがいくわけはない。それは都合《つごう》がよかった。

それよりも、

――女がいたのか……。

こちらが気になった。金にするつもりなら、誰にも話さないだろうと踏《ふ》んだ。だが、女のことは思わなかった。

女は別である。金を男と分けるのは損《そん》した気になるが、女であれば、一緒に儲《もう》けたという気持ちになるのかもしれない。

仕事場に入り、窓辺に座った。

炉《ろ》の前には座りたくなかった。本当は新しい茶葉《ちゃば》の匂いなども嗅《か》がなければならないのだが、気分が悪くなってきた。

茶の匂いを嗅ぎたくない。嗅ぐと吐《は》き気がこみあげる。

そんなときが、何か月かに一度、訪《おとず》れるようになった。

茶会のときになったらどうしよう、と不安だった。

さいわい、いまのところは大丈夫《だいじょうぶ》だが、いつならないともかぎらない。

利完は窓に手をつき、田舎《いなか》の草原のように暗くなってしまった庭を見ながら、深呼吸を繰り返していた。

十

亀無剣之介は行き詰まっていた。

糴次と千利完を結ぶものが見つからずにいた。

かけらが本当に桃井戸の茶碗かどうかはわからないし、糴次が千一家で利完の自宅を聞いたとしても、実際に行ったかは確定できない。

息抜きのつもりで、吉野風々のところを訪ねた。

風々は縁側に横になって、煙草《たばこ》を吹かしていた。わびさびは、煙草の灰ほども見あたらない。

「風々さんのこれは名器なんですか?」

亀無は、さきほどまで風々が使っていた湯呑《ゆの》みを取って訊いた。

「一応な」

「そうなんですか」

「わしが使うものは、そこらの茶器でも名器になる」

「そういうものなんですか？」

「そういうものなんだ。竹で作った茶匙《ちゃさじ》がある。そんなもの、なんの変哲《へんてつ》もなければ、そこらにいくらでもある竹が材料だ。ところが、それを千利休が作ったとして銘《めい》があれば、これは莫大《ばくだい》な金を出さなければ得られない。井戸の茶碗だってそうだ。もとは高麗の人たちのご飯茶碗さ。それを茶人たちが珍重《ちんちょう》して価値《かち》を高めた。茶の湯には、そういうところがある。ま、微妙《びみょう》だわな」

「これも、そこらの茶碗ですか？」

「一応、瀬戸《せと》の陶工《とうこう》が焼いたんだ。でも、名もない陶工だからな」

「瀬戸ってのは、どこにあるんですか？」

「尾張《おわり》の外《はず》れさ」

「東海道《とうかいどう》沿《ぞ》いですか？」

「少し外れるがな。まあ、東海道で行くのはたしかさ」

「そうですか。そこに焼き物の名産地があるんですね。桃井戸の茶碗も、そこで作られたりするんでしょうか？」

「井戸の茶碗は高麗のものだ。瀬戸で作られるわけがない」

「そりゃあ、そうでしょうね……」

亀無はその瀬戸の景色《けしき》を思い浮かべようとしたが、見たこともない場所を思い浮かべるのは難しかった。

「茶の湯ってえのは奥が深いんでしょうな」

と、亀無は訊いた。あの家元の門の向こう——ちらりと見えた瀟洒《しょうしゃ》な庭には、うかがい知れぬ闇があるのだろうか。

「奥は深いさ。人生の奥が深いようにな。だが、やることはそう難しくないよ」

「難しくないんですか」

「あんなことは三つの子どもでもできるさ」

「へえ。勿体《もったい》ぶるのが普通なのに、風々さんてすごいですね」

お世辞《せじ》ではなく、そう思う。人は、いかにも自分が偉《えら》そうに見えるよう、ごてごて飾りたてたり、胸を張ったりする。煙草《たばこ》の煙《けむ》りを鼻から出しながら言ったりはしない。

「わしはすごいさ。だが、わしもすごいが、家元もすごい」

「家元もすごいですか？」

「そりゃあ、すごいよ」

「風々先生よりも？」

「茶人としてのすごさが別物なのさ」

「わかりませんな」

「向こうは家元。頂点なのだ。わしは外《はず》れたってかまわぬ。むしろ、外れたところから、茶席や世の中を見て、それで喜ばれる。だが、家元は外れるわけにはいかない。いちばん上に座っていなければならない」

「なるほど」

「家元ってのは、また別なのさ。数千の弟子を引っ張るに足《た》る、なにかを持たなければならない。そのためには、いろんなことをしなければならないだろう。もし、わしが家元になれと言われたら……」

「なれと言われたら？」

「そりゃあなるさ」

がくっとなる。この話の流れでは、やはり断わるべきではないか。

「じつはさ、あんたに言おうか迷ってたんだが、今度、千利完の茶会があるんだ。日本橋支部の会だ。出てみるかい？」

「おいらがですか？」

「ほんとは、女性を連れていくつもりだったんだが」

それは願ったりかなったりである。

「でも、どういう格好《かっこう》で行けばいいんですかね」

堅苦《かたくる》しい席は苦手《にがて》である。紋付袴《もんつきはかま》で来いなどと言われたら、行く気が失《う》せる。

「べつになんだっていいんだよ。ただ、同心姿はまずいだろうな。まあ、十手《じって》を置いてきてくれたらいいいさ」

と、風々は気楽な調子で言った。

十一

亀無は朝からひどく緊張していた。

茶会などというのは、上品な人たちばかりの世界で、自分にはまったく縁《えん》のない世界に思っていた。

じつは、南北の奉行所の同心たちのなかにも、茶の湯を楽しむ者がけっこういて、月に一、二度、茶会をおこなったりもしていた。亀無も一度だけ、それに誘われたことはあったのだが、

「とんでもねえ」

と、怯《おび》えたように拒否《きょひ》したものである。

だから、志保にまで心配され、昨夜は一応、立ち居振る舞いの稽古《けいこ》までしてもらったのだ。

この日の会は、日本橋の大きな菓子屋の中にある茶室でおこなわれた。

不思議《ふしぎ》な茶室だった。

庭の真ん中に、大きな岩石がある。それは不自然ではなく、この家ができる前からここにおさまっているように見えた。

あとはなにもない。というより、雑草《ざっそう》が繁《しげ》っている。なにもないが、すべてある。そう感じられる。

利完が作らせた庭だという。

この庭を見ただけで、利完というのはやはりたいした男だと思った。

出席したのは、日本橋界隈《かいわい》の東千家の師匠《ししょう》が十人ほどと、それぞれが連れてきた弟子が十数人。小さな会だが、亀無が緊張するには充分だった。

こうした席では、利完と話をするのは無理だろうと諦《あきら》めた。できるだけ小さくなっていて、茶を一杯だけ飲んで帰ろう……そう思った。

茶碗がまわってきて、亀無がそれを受け取ったとき、家元がこちらをじっと見ているのに気づいた。

亀無も目を合わせる。

するとと、ようやく緊張が解《と》けた。不思議だった。

「たしか、北町奉行所の同心さまでしたな」

と、利完が声をかけてきた。

「わたしの弟子で、亀無剣之介さまとおっしゃいます」

風々が紹介した。

「そうですか、風々先生のお弟子さんですか。それなら、ちょっと変わっておられるのも納得《なっとく》がいく」

そう言うと、客たちはどっと笑った。やはり、風々は茶の湯の関係者のあいだでも、変な茶人として知られているらしい。

だが、次に利完がこう言うと、茶会の席に異様《いよう》な緊張が走った。

「どうも、こちらの同心さまは、二之橋界隈で遊び人が殺された件で、わたしを疑《うたが》っておられるようなのです」

「まあ」

「なんてこと」

「ひどい！」

女客が多いので、ざわめきも甲高《かんだか》い調子だった。

「え？」

風々も驚いて亀無を見た。一門に怪《あや》しいのがいると睨《にら》んでいるだけで、まさか家元本人を疑《うたが》っているとは思いもしなかったらしい。

「聞き捨《ず》てにはできませんわね」

と、向こう正面に座っていた女性が言った。この席の中心的な人物だと、最初からわかっていた。

歳《とし》は五十ほどだろう。金糸《きんし》銀糸《ぎんし》が散りばめられた派手《はで》な着物で、茶会よりも歌舞伎《かぶき》の見物にふさわしそうである。

大きな札差《ふださし》の女房《にょうぼう》だと、さきほど風々から聞いていた。

「たしか風々さんは、八丁堀にお住まいでしたわね」

「さようで」

「お弟子さんにへつらうというのもどうかしら」

「そういうことはないのですがね」

風々は気まずそうに下を向いた。

「どういう人、殺されたのは？」

と、札差の女房が亀無に訊いてきた。

「遊び人です」

「遊び人てなに？」

本当に知らないのだろうか。

「なんと言いますか、まず、まともに働いたことがないのです。辛抱《しんぼう》ということができない。駄目《だめ》な人間」

「そんな人、殺されても誰も困《こま》る人はいないんでしょ」

「いないかもしれません」

おまめも悲しみはしたが、困ることはないだろう。

「だったらいいじゃないの」

と、札差の女房は明るく笑いながら言った。

「でも、立派《りっぱ》な人間だからって——家元とかぎったわけではなく——駄目《だめ》な人間を虫けらみたいに踏《ふ》んづけていいんでしょうか？　ありがたいことに、おいらたちが働く奉行所ってところは、だからいいんだ、とはならないんです」

利完はこちらは見ず、庭のほうに目をやったまま、話だけを聞いているふうだった。

「じゃあ、その駄目《だめ》な人間が、立派《りっぱ》な人を陥《おとしい》れようとか、踏《ふ》みにじろうとしたときは？」

と、札差《ふださし》の女房《にょうぼう》が訊いた。

「それはもちろん、身を守らなければならない。だが、立派な人間であれば、守るにしても、いろんな方法を知っているはずなんです。殺しちまうってのは、やっぱりなんかおかしいでしょう」

「そうかしら」

「しかも、人間てえのは面倒《めんどう》くさい生きものでしてね。立派そうに見えた人間が、意外にくだらぬ心根《こころね》の持ち主だったり、虫けらみてえな人間に、螢《ほたる》のようなきれいな魂《たましい》が隠《かく》れていたり……そんなことを、しょっちゅう見てきてますんでね」

「おもしろい同心さんね」

と言って亀無を見た札差の女房の目は、そこらのやくざ者よりもずっと迫力があった。

## 十二

茶会があった次の日だった――。

楓川《もみじがわ》の手前で堀江《ほりえ》町に住む三ノ助と別れ、役宅に戻ろうとしたとき、材木河岸の柳《やなぎ》の木の陰《かげ》で小さく光るものがあった。

光ったのは、おそらく人の歯であろう。何者かが、よく磨《みが》きこんだ白い歯で笑ったため、月の光を映《うつ》してしまったのだ。

もし、そいつの歯が白くなかったら、亀無がその男たちの存在に気づくことはなかったかもしれない。

後ろから忍び寄ってきて、ためらいなく短刀を背中に突きかけてきた。

亀無は、つかんだ十手《じって》を振りまわしながら振り向き、短刀をはじくと、同時に足を払った。相手は腰から地面に倒れたが、転がるように逃げ、すばやく立ちあがった。

茂三も一緒だったが、病《や》みあがりでまるで力が入らない。もうひとりの敵に、むやみに六尺棒《ろくしゃくぼう》を振りまわしている。

亀無は刀を抜き放ち、その男に迫《せま》ろうとした。

「こいつを殺すぜ」

と、声がした。

さきほど地べたに叩《たた》きつけた男が、通りかかった娘を捕まえていた。

「よせ」

「だったら、刀をおさめろ」

「曲者《くせもの》だ、曲者だ。御用だ、御用だ」

亀無はいきなり喚《わめ》いた。

相手も、そんなことをするとは思ってなかったらしい。

「くそっ。逃げるぞ」

娘を突き倒し、いきなり走りだした。もうひとりも、別の方角に逃げた。

逃げるのにも年季が入っている。

捕まえるのは困難《こんなん》に思えた。

——あぶないところだった……。

と、亀無はため息をついた。

お茶の家元というのは、どれほどの力があるのか。

千利休が、時の権力者である豊臣秀吉《とよとみひでよし》に刃向かった、という話を聞いたことがある。刃向《はむ》かえるだけの、絶大な力を持っていたのだろう。

千利完にしても、大商人《おおあきんど》だけでなく、旗本や大名を弟子に持っているはずだ。たかが町奉行所の木《こ》っ端《ぱ》役人のひとりくらい、簡単に闇に葬《ほおむ》ることができるだろう。

役宅に戻ると、志保が来ていた。

おみちが猫を抱いたまま、眠りかけていた。

「剣之介さん、夕飯は？」

「まだだよ。婆《ばあ》やが作ってくれているはずだけど」

「あ、これね」

手早く汁《しる》を温《あたた》めなおしてくれた。

「あたしね」

食事をはじめた剣之介の前に座って、志保が言った。

「はい」

「やはり大高とは別れようと思いました」

どきりとした。嬉《うれ》しさも頭をもたげてきた。

「やはり、もうやっていけないんです」

「お隣りに戻ってくるのですね」

「嫌《いや》？」

「そんな……」

否《いや》も応《おう》もないではないか。

たとえ、ふたりだけだったせよ、大高の家はばらばらになる。

そして、もしかしたら亀無のふたりだけの家に、家族がひとり増えることになるのだろうか。

だが、亀無はふと、家族のちっぽけさ、儚《はかな》さを感じた。闇から現れる手によって、家族の幸せなどというのはたやすく握《にぎ》りつぶされるのだ。

――急がなければならない。

と、亀無は思った。

「もしかしたら、志保さんに手助けしてもらうかもしれない」

「捕り物で？」

「そうさ」

「あのね、剣之介さん。わたしは昔から、それを言ってほしかったの」

「え……」

「なんでもやらせて」

志保は拳《こぶし》を握ってみせた。

志保が隣りの家にいてくれるのなら、それ以上は望《のぞ》まないほうがいいような気がした。なにもなければ、壊されることもないはずだった。

十三

大目付《おおめつけ》の井筒正憲《いづつまさのり》から与力の松田重蔵に、圧力がかけられたという話を亀無が聞いたのは、その日の午後になってからだった。

くだらぬ調べがうるさくて、千利完が迷惑《めいわく》している、と大目付が松田に耳打ちしたのだという。

「それで、どうしたのだ？」

亀無は、教えてくれた吟味方の同心に訊いた。

「ところが、松田さまはやはりすごい。これを堂々《どうどう》たる態度ではねのけたのさ」

「はねのけた？」

大目付の圧力をはねのけるなんてことができるのだろうか。いくら与力が江戸っ子たちに人気があろうと、石高《こくだか》は二百石。一方の大目付は、五千石前後の旗本だ。その力は、大名たちですら震えあがらせるほどである。

「松田さまはその話を、評定所《ひょうじょうしょ》の待合室でやったのさ。例の大声でな。……大目付の井筒正憲さまと千のなんたらは茶飲み友達らしい。調べに手加減《てかげん》をしろとおっしゃられてな。たしかに、井筒さまも人情味あふれる方であられるが、しかし下手人であれば、さすがに厳然《げんぜん》たる態度でのぞまれるはず。まあ、安心して職務に邁進《まいしん》しよう……と、こんな具合《ぐあい》さ」

「なんと……」

「もちろん、場所が場所だから、ご老中《ろうじゅう》や若年寄《わかどしより》、町奉行や勘定《かんじょう》奉行、寺社《じしゃ》奉行なども聞いている。するとご老中がこう褒《ほ》められた。……あれは、なかなか見事《みごと》な男だな。もしかしたら世が乱れるかもしれぬ。そのときこそ、ああいう男が必要になるのだろう……この御意見に、お目付の井筒さま以外は、一同深くうなずかれたそうだ」

「…………」

松田はいつもこうなる。

あきらかに買いかぶりなのだが、みな、松田の堂々《どうどう》とした態度と、見た目のよさにやられてしまうのだ。

だが、これでますます松田の人気はあがっただろう。

その松田に呼ばれたのは、夜、役宅に戻ってからである。

「悪いわね、剣之介さん。疲れているのに」

と、志保が玄関口でささやいた。

「いえ、松田さまとはお話ししたいと思っていたのです」

今後の調べをどうしたらいいか、一応確認を取っておきたかった。

「お、来たか」

松田はうどんを飯の上にかけた夕飯を、食べ終えたところだった。急いでいるときは、昔からよくこういう食い方をした。

そのとき、にゃん吉の鳴き声がした。

「おい、志保。そこの犬をあっちにつれていけ」

いま、にゃあと鳴いたのに。

犬と猫の区別もついていない……。

亀無が愕然《がくぜん》としていると、志保は背中を軽くつついて、笑いながら下がっていった。

「どうだ、剣之介。麻布二之橋の殺しをどう思うか、正直なところを言ってみよ」

「はい……」

と、亀無はこれまでの経緯《けいい》を説明し、さらに、

「ここまで刺客《しかく》を仕立てたり、圧力をかけたりしているということは、やはり下《げ》手人《しゅにん》は千利完だと思うのです」

と、言った。

「そりゃあそうに決まっている」

松田は大きくうなずいた。

「だが、なんであれほどの家元が、あんなつまらない男を殺さなければならなかったのか。おいらに刺客を向け、松田さまに圧力をかけるくらいの力があれば、あんなつまらねえ男はどうにだってできるじゃありませんか。しかも、おそらくかなりの名器で頭を殴《なぐ》ったようで。そこが不思議《ふしぎ》なのです」

「なんだ、剣之介、そんな簡単《かんたん》なことがわからないのか」

本当に不思議そうに言った。

「えっ」

「それは、千利完と櫂次が、双子《ふたご》の兄弟だったからではないか」

「きょ、兄弟……」

頭がくらくらした。なにか、悪いものを食べたときの胸の悪さを覚えた。

「利完と櫂次は同じ歳《とし》ではないか。それがなによりの証拠《しょうこ》だろう」

「で、ですが……」

うまく言葉が出ない。同じ歳の人間なんて、この世にいくらでもいる。それがすべて同じ親の子どもだったら、母親は一度に何人の子をはらむのだろう。

「なにか事情があって、別れ別れになった。ところが、血の道というのは不思議でな。あるとき、兄の櫂次のほうが気づいてしまったのだ。双子の身でありながら、一方は門弟《もんてい》数千という家元。一方はなんの取り柄もないくだらぬ男。櫂次は悔《くや》しい。同じ血が流れるのに、なんでこんなにひどい差別を受けなければならないのだ。かくして、櫂次は弟を脅《おど》すようになった。おれと立場をかわれ。おれが家元になる。おまえは遊び人になれ。だが、利完が承知《しょうち》するわけはない」

松田のふたつの目が、真ん中に寄っていた。自分の推理に酔いはじめている。こんな表情を見ていると、どうしても反論する勇気が出ない。

「それはそうでしょうね」

「だが、櫂次はしつこい。それが嫌《いや》なら、おれたちのことを世間にばらす。おれたちは世にも下賤《げせん》な血の兄弟だったのだ、と。そう言われて、利完は焦《あせ》った。焦ったあまり、手もとにあった大事な茶器で、思わず櫂次の頭を殴《なぐ》った。茶器は割れた。そこで今度は割れない鉄の釜《かま》で、櫂次の頭を何度も殴った……どうだ？　完璧《かんぺき》であろう」

「はい」

「細かいところは、適当に補強しておいてくれ。利完の野郎《やろう》。天の網《もう》を舐めやがって。だから、わしは茶の湯なんぞ好きではなかったのだ」

「…………」

こういう上司がいてくれれば、調べになんの遠慮《えんりょ》もいらなそうだった。

ただ、真実は、松田の話でますます遠ざかった気がした。

十四

翌日の夜——。
亀無はもう一度、櫂次が通《かよ》っていた飲み屋に行ってみた。

「あら」

おまめはすぐに、亀無の顔を思いだしたらしい。もっとも「一度見たら忘れない」とは、よく言われることだった。

「飲んでいきなよ」

「そうだな」

縁台に腰をかけ、冷酒を一杯頼んだ。つまみは勝手《かって》に烏賊《いか》の一夜干しが運ばれてきた。

「ふう」

ひと口飲んで、ため息をつく。

この前来たときよりも、居心地《いごこち》がいい。權次というのは、店選びもうまかったのではないか。

生前、そこらじゅうであんなにけなされていた男が、死んでから意外にも、いいところが見えてきている。

もっとも人というのは、そんなものなのかもしれない。

店の隅《すみ》に将棋盤《しょうぎばん》や相撲《すもう》の星取り表などが、無造作《むぞうさ》に置かれている。亀無は手を伸ばして、おもしろそうなものはないかあさった。

瓦版《かわらばん》があった。歌舞伎《かぶき》役者の噂話《うわさ》を書いた、いかにもくだらなさそうな内容で、そのまま戻そうとしたとき、

「そういえば、櫂次はそれを一生懸命、読んでいたっけ」

と、おまめが言った。

「これを？」

「ええ。なんだか、やけに熱心に。それから考えこんでました」

発行元は人形町の瓦版屋である。ここからも近い。

酒は一杯で切りあげ、その瓦版屋を訪《たず》ねた。

店というより工房《こうぼう》のようなところに一歩踏《ふ》み入れ、机を前に草稿《そうこう》を練《ね》っているらしい四十くらいの男を見たとき、

——ああ、こいつは悪いな。

と、思った。

「おや、たしか、北の亀無さま」

こっちは知らないが、向こうは知っている。町まわりの同心の定めのようなものである。

瓦版屋は立ちあがり、こっちにやってきた。

身体は細く、足を悪くしているのか右足を大きく引きずっている。

おそらく荒事《あらごと》はやらないのかもしれないが、人を陥《おとし》れたり、傷《きず》つけたりすることは、なんとも思っていないだろう。

「近頃、瓦版のことでなにか訊きにきたやつはいねえかい？」

「なにかというと？」

と、訊き返した。この手の男は、問いかけにすぐ答えることはまずない。こちらの真意を確かめなければ、気がすまないのだ。あたかも、魚を食うときに、骨の場所を確かめるように。

「たとえば、素人《しろうと》が瓦版を出したいときはどうしたらいいか、とか」

「ああ、来たね」

「小柄《こがら》で、眉《まゆ》が薄くて……」

「ああ、そいつだ」

「なにを訊きたがったんだ？」

「頼んで刷《す》ってもらうとかはできねえのか、と訊かれましたね。あれはなにか、脅《おど》しのネタをつかんだんですよ。それを瓦版にしてばらまかれたくなかったら、いくらいくら出せ、と……。まあ、旦那《だんな》には言いにくいが、わしらのやることを真似《まね》したくなったんだろうね」

「なるほど。それで、おめえはなにか訊きだしたのかい？」

こういうやつは、かならず自分も一丁、絡もうとするのだ。

「いや、口は堅かったね。よほどいいネタなんだな。それで、そいつはもうドジを踏《ふ》んじまったってわけですかい？」

「殺されちまったのさ」

と、亀無は吐《は》き捨《す》てるように言った。

「ほう……」

驚きはあったが、怯《おび》えなどは見あたらなかった。

やはり、こいつはかなりの場数を踏んだ悪党らしかった。

亀無が八丁堀に戻ってくると、奉行所の中間《ちゅうげん》らしき男が、松田家に駆けこんでいくのが見えた。ひどくあわてた様子だった。

——どうしたんだ？

不穏《ふおん》なものを感じ、つい門の前で立ち止まってしまった。

すぐに志保が飛びだしてきた。風呂敷《ふろしき》ひとつ抱えていない。

亀無と目が合った。

なにも問えないでいる亀無に、

「大高が捕り物の最中に斬られたそうなのです」

「え」

「とりあえず家に運びこみ、医者の手当を受けているそうなので」

そこまで早口で言うと、八丁堀の南のほうに駆けていった。

呆然《ぼうぜん》としていると、近所に住む南町奉行所の顔見知りの同心がやってきて、くわしい話を聞くことができた。

南が追いかけていた悪党で、捕縛《ほばく》はしたものの、抵抗《ていこう》されて何人かが怪我《けが》をした。そのとき、大高は胸を刺されたという。急所を傷《きず》つけられたかどうかはわからないらしい。

「そうだったのか……」

同心という仕事をしている以上、意外な話ではない。亀無とて、おみちを泣きながら駆けさせる日が来ないともかぎらない。

志保が駆けていった夏の闇を見た。

――もう、志保は大高に別れを言いだすことができなくなってしまった……。

と、亀無は思った。

家に入ると、袂《たもと》から、このところいつも持ち歩いている陶器のかけらを取りだした。

よく見ようと、蝋燭の火に近づけると、桃色がいくぶん濃くなったような気がした。どちらにしても、きれいな色だった。

もしも、これが本当に桃井戸の茶碗の一部だとする。

すると、桃井戸の茶碗は、割《わ》れてなくなってしまったはずである。

だが、千利完はあの晩に、松平信濃守さまに差しあげたと言っていた。まさか、割れたものをあげるはずはないから、どちらかが贋物《にせもの》ということになる。

――贋物……。

それはぼんやりとだが、何度も思い浮かんだ疑惑《ぎわく》だった。

だが、東千家の茶の湯を象徴《しょうちょう》するような茶器と聞いて、まさか、と打ち消してきたのだった。

しかしどう考えても、強請《ゆす》りのネタになるには、それがいちばんふさわしい。

桃井戸の茶碗には贋物があった。それを公然《こうぜん》と、本物として人々の目に触れさせてきたのだろう。

櫂次はその贋物の話を旅の途中《とちゅう》、おそらくは瀬戸のあたりでつかみ、千利完を強請ろうとしたのだ。

そして、贋物だからこそ、利完はそれで櫂次の頭を殴《なぐ》ることができた。

これですべてあきらかになる、と亀無は思った。

だが、不安のような奇妙《きみょう》な感触が心のなかで動いた。

――待てよ。

本物は無事、手もとにある。

では、なぜそれを慌《あわ》ただしく、松平信濃守さまに献上《けんじょう》してしまったのだ？

そのまま置いておけばいいではないか。

そして、おいらからあのかけらのことを追及されても、そんなものは知らない、桃井戸の茶碗はここにちゃんとある、と言えばいいだけではないか。

――それをなぜ……？

捕まえたと思った尻尾《しっぽ》が、簡単《かんたん》にちぎれてしまったような気がした。

# 十五

翌日――。

亀無は岡っ引きの三ノ助を呼んだ。

「助けてほしいんだよ」

岡っ引きにそんなことを言ったのは初めてだった。

「なんなりと」

「千利完の家のあたりの飛脚《ひきゃく》をあたってもらいてえんだ」

「お安い御用で」

「どこか遠方《えんぽう》の者と、やりとりがあったはずなんだ。その相手を見つけてもらいてえ」

「はい」

「ただ、場所がわかったときは、もしかしたら実際に行ってもらうことになるかもしれねえ。でも、旅には行きたくねえだろ。五十過ぎると、遠出はつらいよな」

亀無がそう言うと、三ノ助は笑って首を振り、

「いいえ。むしろ、遠出はしたいくらいで」

と、言った。

「そうなのかい」

「五十を過ぎますとね、まわりのいろんなことが、責任としてのしかかってくるんです。それの重いことといったら……。ときには振り払いたくなるんです。だが、ほんとに振り払ってしまうわけにはいかねえ。そういうとき、旅に出たいなあと」

と、遠い目をして言った。

「なるほどな」

亀無はまだ三十なかばだが、五十過ぎの心情といったものが、すごくわかる気がした。

自分でも不思議だが、亀無はこの岡っ引きのことが気に入りはじめているらしかった。

だが、亀無剣之介は自信がなかった。

千利完が下手人であることを証明しても、この殺しの本当の解明にはならないのではないか。

なにか、もっと大きな嘘《うそ》がひそんでいるような気がするのだ。

気晴《きば》らしも兼ねて、吉野風々のところに行ってみることにした。

亀無の顔を見ると風々はすぐ、

「怖《こわ》かったねえ、このあいだは」

と、言った。ふたり組の襲撃《しゅうげき》のことではない。札差《ふださし》の女房《にょうぼう》のことである。

風々には、襲《おそ》われたことは話していない。

言えば、無意味に怖がったり、考えこんだりしそうである。

「わしは、女房はもらわずじまいだが、ああいう目をされると思ったら、もらわないでよかった」

「世間の女房が、皆あんなふうってわけではありませんよ」

「でも、亀無さんの見解《けんかい》には、うちの日本橋支部の支部主も驚いてたよ」

「家元を下手人《げしゅにん》扱いしたことがですか」

「ああ。まさか、頂点を狙《ねら》っていたとはね」

「怒ってるでしょうね」

「ところが微妙《びみょう》なものだね。あの家元については、古株《ふるかぶ》たちからかなり不満も出ているそうなんだよ。わしは、政治向きのことにかかわらないから、知らなかったんだけど」

「どうしてでしょうか？」

「やはり革新《かくしん》的すぎるんだろうね。わしなんか、むしろ応援したいくらいなんだが」

「そんなにすごいんですか？」

「茶は心。茶は道具から、解《と》き放たれるべきだ、と言いはじめたのさ。なんでも、唐土《もろこし》の弓《ゆみ》の名人がその道を極《きわ》めたとき、弓を見てもなんのために使うものかわからなくなっていたらしい。そういう話もあるくらいだから」

「へえ、器《うつわ》との決別《けつべつ》ですか」

「反感も買うさ。そりゃあほとんどの茶人は、器にしがみついたりしてるもの」

「そういえば、櫂次の背中に入ってたかけらが、殺しの現場で割れた茶器だとしたら、ほかのかけらはどうしたんでしょうね？」

「そんなもの、捨てたでしょう。ばらばらになったら、くっつけようがない。そうなればただのごみだし、ましてや茶器への決別を宣言した人だったら」

「そうですよね」

と、亀無は笑った。


その夜——。

亀無は麻布二之橋の千利完の家に行き、塀のこちら側から、

「利完の馬鹿野郎《ばかやろう》」

と言って、壺《つぼ》を投げこんだ。

かしゃん、と割《わ》れた。

「あ、なんだ、なんだ」

若い弟子の声がした。

それから、亀無は中の様子をうかがった。

もう間に合わないのではないかという不安もあったが、どうやらうまくいった。

あとは忍耐《にんたい》の仕事だった。

おみちを寝かしつけ、いったい何日かかるかわからない、その仕事に取りかかろうとしたとき、

「こんばんは。亀無の旦那《だんな》」

と、訪《おとず》れてきた者がいた。

岡っ引きの三ノ助だった。

「よう、どうした？」

「飛脚《ひきやく》じゃなかったです。あの家から直接、出かけた者がいました。名主《みようしゆ》の関所《せきしよ》手形《てがた》が出されたのを確かめたんです」

速い仕事だった。朝の依頼に、もう答えを見つけてくれた。自分が五十になったとき、これほど迅速《じんそく》に仕事ができるか、まるで自信がない。

「そいつはすごい」

「いまから旅に出ます」

「朝を待たずにかい？」

「御用の旅です。一日でも早く戻ってまいります」

きびきびと、川で産まれた魚が海に帰るときのような旅立ちだった。

十六

爽《さわ》やかな風が吹いていた。八月（旧暦）の声を聞いて、急に涼《すず》しくなった。

千利完は、十日後にひかえた大茶会の式次第《しきしだい》を検討していた。

当初、桃井戸の茶碗を使っておこなう予定だったある催しは、やめにせざるをえない。桃井戸の茶碗が手もとにないのだから、どうしようもない。

この計画を打ち明けていた高弟《こうてい》たちの何人かは、ずいぶんとがっかりした。

「あれをやれば、江戸中の耳目《じもく》を引きつけられましたのに」

「松平信濃守さまに相談して、お戻ししていただけばいいのでは？」

父の代からの相談役である松野利尽《まつのりじん》はそう言った。

「戻してくれますか？」

と、利完は訊いた。

「家元が今度の主旨《しゅし》を丁重《ていちょう》にお話しすれば、かならずお戻しいただけます」

「そうかな」

「なんでしたら、わたしが先に交渉にうかがいましょうか。最後に家元がおうかがいして、頭を下《さ》げてもらえればよいかと」

「それはかまわぬが」

「なに、代わりに海亀《うみがめ》の釜《かま》を献上《けんじょう》いたしては」

「なるほど」

利完は高弟たちに言われ、かなりその気になっていた。やはり、この大茶会であれをやるのとやらないのとでは、客が受ける衝撃《しょうげき》がまったく違う。

――ん？

庭の虫たちの声がやんでいることに気づいた。

川のほうで音がした。この庭は川を借景《しゃっけい》にしているため、細い川岸を伝《つた》ってくれば、庭に入ってこられる。以前から、物騒《ぶっそう》だという声があったが、母屋《おもや》には若い弟子が何人もいるし、武家屋敷でもなければ、しょせん侵入者を完全に防《ふせ》ぐことなどできないものだ。

だが、利完は念のため、かたわらにあった火箸をつかみ、庭に出た。

――気のせいか。

と、思ったとき、女が利完の前に現れた。

「燿次のことで」

「燿次のこと？」

「ここに来ただろ。いきなり殺すなんてひでえじゃねえか」

「わからぬことを」

「ふざけんなよ」

と、女は殴《なぐ》りかかってきた。だが、女の力である。手を取り、背中にねじあげた。

「痛えな」

「なにか聞いたのか？」

「そりゃそうだろ」

蓮《はす》っ葉《ぱ》な女だった。器量《きりよう》はいいが、やはりあのときの男にふさわしい、品のない女だった。

「真贋《しんがん》の深さを知りもしないで、くだらぬ強請《ゆす》りをすると、こういうことになるのさ。この前みたいにあわてたりはしないぞ」

と、利完は言った。

すると――。

「この前みたいにあわてたりはしないぞ」

同じ言葉が、庭の隅《すみ》で繰り返された。

「誰だ？」

闇の庭から、ふわふわとした頭が現れた。髪が風でなぶられ、逆立《さかだ》ってしまったらしい。

——ちぢれすっぽん。

その綽名《あだな》は、先日の茶会のあとで札差《ふださし》の女房《にょうぼう》から聞いた。

北町奉行所の亀無剣之介だった。

「いま、ずいぶん大事なことを話してくれましたね」

と、亀無は言った。

「………………」

「こちらは、与力の松田重蔵さまの妹御でな。この人が聞いたと言ってくれたら、かなり強い証拠《しょうこ》になりうるのさ」

「ううう」

「志保さん。助かりました」

「いいえ」

「おいらがどう接近しても、さっきのような言葉を引きだすことはできなかったと思います」

「お役に立ててよかった」

志保は肩を揺すりながら、いかにも嬉しそうに言った。子どもにかえったような、思わず抱きしめたくなるほどの可愛らしさだった。

「外へ出て、目明《めあ》かしや小者たちに、わたしの合図があるうちは踏《ふ》みこんだりしないでくれと伝えてもらえますか？」

「わかりました」

それから亀無は志保の耳に口を寄せ、

「早く大高さんのところに戻ってあげてください」

と、言った。

志保は亀無の目を見て、

「剣之介さんて、昔とちっとも変わらず優しいのね。優しすぎるくらい」

その言葉に少し皮肉《ひにく》な調子を感じて、亀無は不思議な気がした。

だが、そんなことを考えている場合ではない。利完のほうを振り向いて、遠慮《えんりょ》がちの口調でこう言った。

「さて、くわしい話をしたいんだが、その前に、茶を一服《いっぷく》させてもらえませんかね」

川原の淵に緋毛氈《ひもうせん》を敷《し》いた。

めてだった。

八日目の月があったし、炉《ろ》の炭《すみ》も明るかった。

野点《のだて》は東千家の好《この》むものであり、珍しくはなかったが、自分の庭でやるのは初

亀無はもしかしたら、落ち着かせようとして、茶を所望《しょもう》したのかもしれない。

だが、逆に吐《は》き気がしてきた。茶の匂いがたまらなく嫌《いや》だった。

「おいしいですな」

利完が点てた茶を飲んで、亀無は言った。

「お褒《ほ》めいただき光栄ですな……亀無さん」

「はい？」

「わたしの弟子筋《すじ》が、あなたに対してなにかしたかもしれない。だが、わたしは頼んでもなければ、さりげなくそうさせたわけでもない。あの茶会のとき、あんなことを言ったのが失敗でした。たぶん、よけいなことをしたため、ますます疑《ぎ》惑《わく》を深めた」

「それはとくに関係ありませんよ。ただ、急いだほうがいいという気持ちにはなりましたがね」

「あなた、わたしがやったとする決め手はあるのですか？」

「決め手？」

「まさか、拷問《ごうもん》によって吐かせるつもりなどないでしょうね。そうすれば、今度こそわたしの弟子たち全員に頭を下《さ》げても、本気であなたに対抗しますよ」

と、利完は怯《おび》えたような顔で言った。

「とんでもない。拷問《ごうもん》など大嫌いで、やったことはありません」

「ほう。それはいいことだ。だが、さきほどの女の方に言った言葉は、あなたが追いかけている件とは関係がない」

「そうなんですか」

「ああ。別の男が、茶碗の鑑定《かんてい》を頼んできたことがありましてね。追い返したら、とても怒ってしまったのです。そういう一件があったため、誤解してしまいました」

「そうですか。だが、その件はともかく、櫂次という男は、あの夜、たしかにここに来たんです。でなければ、桃井戸の茶碗で殴《なぐ》られるはずがないんです」

「そもそも、そこがおかしいとは思いませんか？」

「なにがですかな？」

「あのかけらを桃井戸の茶碗だと決めつけているみたいだが、そんなことは誰にもわからないでしょう」

「でも、桃井戸の茶碗を見たことがある何人かに、あのかけらを見てもらったんです。かたちはともかく、あの色はまさに桃井戸の茶碗だと」

亀無がそう言うと、

「ほら、そうでしょう。かたちはともかく、でしょう。だが、桃井戸の茶碗を名器たらしめているのは、色よりもかたちなのですよ」

利完は勝ち誇《ほこ》ったように言った。

「そうですよね。わたしもそう思いました」

「え？」

「それで、これを見ていただきましょうか」

亀無はそう言って、さきほどひそんでいた庭の隅《すみ》に行き、ごそごそとなにかを開けていた。そして、器《うつわ》を取りだすと、利完が見えるあたりにそっと置いた。八日目の月に、それは富士を逆《さか》さにしたような美しいかたちをさらした。

「どうです？」

「な、なぜ、それがここに？」

「桃井戸の茶碗でしょう？」

「そなた、まさか、松平さまから？」

利完はかすれた声で訊いた。

「これは、わたしが拾い集め、もう一度、くっつけたものなんです。細かいところは石膏《せっこう》で補《おぎな》いましたが、どうにかもとのかたちを復元《ふくげん》できたようです」

「復元だと？」

「割《わ》れた桃井戸の茶碗はどうしただろうって考えたのです。たぶん、どこかに捨《す》てたのだろう。それで、昨夜、若いお弟子さんがそこらにいるとき、家元の悪口を言いながら、壺《つぼ》を投げ入れてやったのです。もちろん、中で割れました。お弟子さんはそれを拾い、木戸《きど》を出て、そちらのごみ捨て場に捨てにいきました。それから、わたしは野良犬のようになって、ごみをあさりましてね……というより、丸ごと桶《おけ》にあけて、家まで運んだありさまでして……」

「なんてことを」

「そしたら、あったんですよ。同じ色のかけらが。それを集めて復元したというわけで。もちろん、あのかけらもぴたりとこれに嵌《は》まりました」

実際、それはつらい作業ではあったのである。

「……………」

千利完の顔が、ぎらぎらと油でも塗《ぬ》りたくったように輝きだしていた。噴きだした汗のせいらしい。

「櫂次は行きつけの飲み屋で飲んでいるとき、置かれていた瓦版に興味を抱いたようでしてね。どうやら、強請《ゆす》る手口を思案《しあん》しているときに、瓦版を見つけたのでしょう。その瓦版屋は家からそう遠くなく、櫂次は訪《たず》ねていきました。そこで、何千部刷《す》るにはどうしたらいいかとか、いろいろ訊いたんです。ところが、この瓦版屋がまた悪党でして。儲《もう》けの匂いでも嗅《か》ぎとったのでしょう。見本を作ってやるから、文を書いて持ってこいなどと言ったそうです」

「なんと」

「おっと、ご安心を。瓦版は出ません。櫂次も察《さっ》して、くわしいことは話さずに帰ってしまいました。それで、おそらく櫂次は、草稿《そうこう》のようなものを持ってきて、あなたを脅《おど》したのではないか、とわたしは思ったのです」

「なにを言ってるのかね」

利完はしらばくれたが、亀無の言うとおりだった。あの男はまさに、瓦版の草稿のようなものを持ってきていた。

「もしかしたら、その竈《かまど》のところで燃やしたかもしれない。焼けても文字が見えたりするので、ちょっと見せていただけませんか」

　すると、利完はあわてて立ちあがり、竈のところまで行って、熾《おき》を棒でかき混ぜた。

「そんなにあわてなくても大丈夫《だいじょうぶ》です。もともとそれはあてにしてませんから」

「だが、櫂次とやらは、なにを脅《おど》すのですか？　わたしのなにを知っているというのかね？」

「贋物だってことですよ」

　亀無は力《りき》んだりもせず、すっと言った。

「贋物？」

「桃井戸の茶碗がね。たぶん、櫂次は伊勢参りの途中《とちゅう》で、偶然《ぐうぜん》、そのことを聞いたのでしょう。それで、江戸に帰ったら、その話をもとに、家元を強請《ゆす》ってやろうと考えたのでしょうね。なにせ、なにをやっても長続きしない、辛抱《しんぼう》のできない男だったので、一攫千金《いっかくせんきん》の夢に飛びついたわけです」

「…………」

「ところが、強請られたあなたは寝耳に水だっただけでなく、どうもただごとではない衝撃《しょうげき》を受けたと思われます。いきなり現れた、どこの馬の骨ともわからない男を、桃井戸の茶碗と、鉄の湯釜《ゆがま》で殴《なぐ》り、殺してしまった」

「くだらぬ」

「たしかにひどい話ですよね。ところが、誰もが疑問に思うのは、茶の湯の家元がそんなくだらぬ男を大事な茶器で殴るかということでした。今回、そのことが最大の難問になったのです」

「なるほど。だが、それが贋物だとわかっていればできると」

「そう思ったんです。わたしも。一瞬はね」

「え?」

「ところが、違ったんです」

「あっはっは。わたしは本物で殴ったというのですか。逆上《ぎやくじよう》して本物で殴り、贋物を松平さまに献上《けんじよう》したと。お訊きしてみればいい。千利完が献上した桃井戸の茶碗は、贋物ではないですかと」

「訊けませんよね。大名の松平さまに、それは贋物ではないか、とは。だから、松平さまのところに献上してしまったところで、誰も真贋《しんがん》については言えなくなってしまった」

「それなら、もうくだらないことを言う必要はないでしょう」

「ところが、言わざるをえない。その本物と贋物のことが、今度の殺しの最大の謎であり、世の衝撃となるはずだからです。じつは、おいらがそのことに気づいたのは、上司の意見でした。上司は、利完さまと殺された櫂次というのが、双子《ふたご》の兄弟ではないかと疑《うたが》ったのです」

「あっはっは。それは愉快《ゆかい》だ」

「おもしろいでしょう。だが、おいらは利完さまと櫂次ではなく、ふたつの桃井戸の茶碗が双子《ふたご》だったんじゃないかと思ったんです」

「櫂次も、亀無は言い、さきほどのかけらをつなぎあわせた茶碗を撫《な》でた。

と、贋物があり、本物もあると思っていた。誰もがそう思いますよね。ところが、本物なんて初めからなかったんです。本物があって、贋物を作ったんじゃない。贋物しかなかった」

「…………」

「櫂次の頭を殴《なぐ》ったのも贋物、お大名にあげてしまったのも贋物。桃井戸の茶碗はあなたが巧妙《こうみょう》に作りあげた、幻の名器だった。以前、あなたはうかつにもおっしゃったことがある。桃井戸の茶碗はわたしがその価値《かち》を見つけ、有名にしたのだと……」

「贋物を同時にふたつ、作ったというのかね？」

と、利完はおもしろそうに訊いた。

「そうなのです。そこが、あなたの賢《かしこ》いところだった。そもそも井戸の茶碗など、高麗では庶民《しょみん》がそれで飯を食うようなものだったそうですね。それをわが国の茶人たちがやたらと持ちあげ、とんでもなく価値のあるものにしてしまった。たくさんあったものが、こちらは逆に数を減らしたいくらいだった。桃井戸の茶碗も、その一種ということにされた。だから、ひとそろいしかないというのは、逆に不自然だった。しかもふたつあればいざというときに、片方を本物にし、片方は贋物として処断《しょだん》することもできる。今度のことも、まあ巧《たく》まずしてそれをしたというところでしょう」

「…………」

「あなたは、今度、なにか大きな催《もよお》しを計画されていた。おそらく、そこで桃井戸の茶碗を割るというのを、催しの中心に置くつもりだった。東千家は名器を必要としないということを、満天下に知らしむる企画だ。贋物を割ってしまうことで、つまり消してしまうことで、贋物は本物になって永久に語り継がれることになる。なんと見事《みごと》な演出なのでしょう」

「ところが、桃井戸の茶碗に贋物があるなどという話が出たら、割ったのも贋物なんだろうという疑いが出てしまう。それは催しの価値を、いちじるしく低下させてしまう。それはなんとしても防《ふせ》がなければならなかった。その怖《おそ》れのあまり、櫂次を桃井戸の茶碗で殴《なぐ》ってしまった……」

「………」

利完はさきほどから、なにも話さなくなっていた。

「どうでしょう。ここまであきらかになっても、櫂次殺しは認めたくないと？」

「なにがあきらかになったのかね。どれも、あんたの推測《すいそく》ではないか」

と、利完は川の流れのほうを向いた。

「そうですか。それでは申しあげますが、わたしはもしも贋物の話が浮かびあがろうとしたら、あなたはおそらく櫂次のような端《はし》っこではなく、大もとのところを警戒《けいかい》するのではないかと思ったのです。つまり、贋物を作った陶工《とうこう》の口に怯《おび》えるのでは、と。ところが、ずっと見張ったところ、あなたはなんの動きも起こさない。とすると、贋物を作った陶工はすでに死んでいるのではないか……」

「………」

「では、櫂次は、いつ誰からその話をつかんだのか？　いろいろ考えてみると、もしかしたら陶工は最近、亡《な》くなったのではないかと思ったんです。それで、調べていくうちに、あなたが先月の末、瀬戸に弔問《ちょうもん》の手紙と多額の香典《こうでん》を送られたことがわかった」

「あ……」

「それで、わたしは腕のいい目明《めあ》かしを瀬戸に行かせたのです」

「…………」

「陶工の青兵衛という人が亡くなっておいででした。その亡くなった日に、親しくしていた寺の和尚《おしょう》が櫂次と会っていたのです」

「そうだったのか」

「ええ。この櫂次はたまたま聞いた話に興奮していましてね。青兵衛さんを殺したのは、その千利完て野郎だ。秘密を抱えこまされ、悩みのあまり、心ノ臓の発《ほっ》作《さ》を起こしたのだ。あっしが金をむしり取り、立派《りっぱ》なお墓を作る分は送ってやるからな、そう叫《さけ》んで飛びだしていったそうです」

利完は静かに座っていた。

釜《かま》から湯を汲《く》み、茶ではなく、それを白湯《さゆ》のまま飲んだ。

うまそうだった。

「なぜ、あのとき、あの男を殴ったのか。わからない。いま考えると、不思議な気がします」

と、利完は言った。

「そういうものなんです。罪を犯《おか》した瞬間に、下手人《げしゅにん》の心の中で起きたことは、誰にもわからない。おいらたちにも、そして、おそらく当人にもわからなかったりするんです。なぜ、こんなことをしてしまったんだろうって……」

「無理《むり》だったのです」

と、利完はぽつりと言った。

「え？」

「わたしには、もともと家元など無理だったのです……」

千利完はそう言って、まっすぐ緋毛氈《ひもうせん》に座っていた。

だが、亀無剣之介には、利完の姿が、やはり数千の弟子たちの上に立ち、その責任をまっとうしようという気概《きがい》に満ちたものに見えていたのだった。

# 第三話　すきま風

## 一

驚いて植木屋の四ノ吉《しのきち》は訊いた。単なる知り合い同士の間柄《あいだがら》だが、近頃は、じつの娘のようにかわいく思えるときがある。

襲われたと聞いて、どきりとした。

「え、襲《おそ》われた？」

「いつ、襲われたんだい？」

「夕べです。いきなり、暗がりから男が出てきて、あたしを向こうの用水桶《ようすいおけ》の裏に引っ張りこもうと……」

おそめは、そのときのことを思いだし、ぶるぶると身体を震わせた。

江戸には四年前に出てきたという。房州《ぼうしゅう》の在《ざい》の生まれで、まだ訛《なま》りも残っている。化粧《けしょう》もそううまくはなく、江戸の水で磨《みが》かれたとは、とても言いがたい。

「それで、それでどうなった？」

「お隣りの塩尻《しおじり》さまが通りかかって、なにをしていると」

「通りかかった？」

「はい。それで、その男は塩尻さまにいきなり斬りかかったのです」

「ふうん」

「塩尻さまはさすがに剣術道場の先生ですから、お強いこと。刀も抜かずに、その男の腕を取って放り投げると、さっさと失せろと」

「失せろ？　番屋につれていくとか、どこの誰か問いただすとかは？」

「それはしなかったですよ」

　四ノ吉は、おかしな話だと思った。

「そこらへんでかい？」

　四ノ吉は、物干し台の手すりから身を乗りだすようにして、表通りのほうをのぞきこむようにした。

　だが、ここからだと家や塀のため、通りの様子は見えない。このところ急に数を増やしている赤蜻蛉《あかとんぼ》の群れが、すぐ前を横切っていった。

「すぐそこのところですよ」

「遅くにひとり歩きするのは危ないねえ」

「でも、念仏《ねんぶつ》の集まりがあって、それにはずっと出てるので」

そのとき、おそめは不意に耳に手をあて、遠くの音を聞き取るような仕草《しぐさ》をした。

「あ」

「どうしたい？」

「来たんです。ほら、この前も話したあの焼き芋《いも》屋です。とにかく、本当においしいんです。いま、買ってきますね。四ノ吉さん、ちょっとだけ待っててください」

「ああ、それはかまわねえよ」

おそめは、焼き芋屋を追って出ていった。

十八の娘にしては子どもっぽい、小躍《こおど》りするような身の動きだった。

——あんな小娘を妾《めかけ》にし、騙《だま》すように人生を食いものにしやがって……。

七十まで生きてぽっくり死ねただけでも、全州屋《ぜんしゅうや》の隠居はありがたいと思うべきだ。

四ノ吉は、ひと月ほど前に卒中《そっちゅう》で急死した隠居の、黒光りした顔を思いだした。どれだけ悪徳《あくとく》を積《つ》めば、あんな顔色になるのだろう。

四ノ吉は、自分の顔色を確かめたくなった。

物干し台からぼんやり下を見おろしていると、隣りの剣術道場の庭に、道場主である塩尻総三郎《そうざぶろう》が現れた。

「なんだ、なんだ。きさま、また来ていたのか？」

「それは大きなお世話《せわ》でございますよ」

と、四ノ吉は笑った。

「帰れ、帰れ。おそめも迷惑《めいわく》してるだろう」

「迷惑してたら、あっしに食わせたいと、わざわざ焼き芋なんざ買いにいきますかね」

「ふん」

と、鼻を鳴らし、塩尻が四ノ吉を睨《にら》みつけた。

塩尻は巨漢《きょかん》である。両方の眉毛《まゆげ》がつながっているので、どこか飄《ひょう》げて見えるが、目つきには意地の悪さと鬱屈《うっくつ》がはっきり浮かんでいた。

四ノ吉は、塩尻の眼光にひるむことなく、

「それより、お侍こそ、おかしなことはおやめになったほうが」

「なんだ、おかしなこととは？」

「夕べ、おそめがそこでおかしなやつに襲《おそ》われたそうで」

「そうだ。たまたま、わしが気がついたからいいものを」

「たまたまねえ。あっしには、どう考えても、あんたが弟子か知り合いにやらせたとしか思えないんですがね」

「なに」

「そうして、味方づらして、純情な娘をたぶらかそうって寸法《すんぽう》だ。立派《りっぱ》なお武家さまがなさることとは思えませんよね」

こんなにむきになって侍に文句《もんく》をつけるなど、自分でもどうかしていると四ノ吉は思った。感情というものをほとんど波立たせない生き方が、すっかり染《し》みついたと思っていたのに……。

「おのれ」

塩尻の顔色が、蒼白《そうはく》に変わっていた。

「おそめはあんたの妾《めかけ》になんぞなりませんて。だいたい、ちゃんと妾にする金だってありませんでしょ。こっちの質屋《しちや》にだって、借金だらけだっていうじゃないですか」

「きさま、誰にそんなことを聞いた？」

「誰でも知ってますよ。流行《はや》らない道場のことは」

「おのれ」

塩尻の目が、怒りと憎《にく》しみでつりあがった。


おそめは並んで焼き芋を買っていた。この芋はべとべとしていない。ほくほくっとして、口に入れるとなんとも言えない温《あたた》かみが広がる。

やはりうまいと思うのは誰も一緒らしく、すぐに列ができてしまう。ただし、並んでいるのは江戸生まれの人よりも、田舎《いなか》から来た人が多いらしい。列を横目で見ながら、通りすぎる人が言っていたことだった。

――四ノ吉さんに食べさせてあげたい。

最初は、どうせ身体だけが目あてのいやらしい人かと思った。だけど、四ノ吉さんにはそういう変な考えはなく、あたしのことを本当に心配してくれている。それは話すうちに実感できた。

娘が生きていたら、あたしと同じくらいと言った。

よくありそうな話だが、たぶん本当のことだと思う。

この前、妾暮らしは心の傷になって残ってしまうとおそめが言ったら、傷のない人間なんていねえんだ、と慰めてくれた。

二本買って、手提《てさ》げ籠《かご》に入れた。この籠は、四ノ吉が土産《みやげ》にくれたもので、ずいぶんと頑丈《がんじょう》にできていた。かなり重いものでも入れられると言っていたが、そんな重いもの、入れるときがない。

焼き芋なんて、本当はもう少し寒くなってからのほうが、おいしいのかもしれない。でも、初物《はつもの》は縁起がいい。四ノ吉も、面倒《めんどう》な仕事がまもなく終わりそうと言っていたから、験《げん》かつぎにいいだろう。

すっかり遅くなった。おそめは早足で戻り、

「お待たせ」

中に入りながら言った。

返事がない。

まだ、上の物干し台にいるのだろうか。

物干し台といっても、景色《けしき》がいいわけではない。前方が質屋の蔵《くら》。左手は質屋の屋根。そして右手に剣術道場と、なにもない小さな庭が見えるだけである。

上にのぼったが、四ノ吉はいない。赤黒いものが点々《てんてん》と飛び散っている。どきりとした。

どこに行ったのか。

物干し台の下を見て、あっと声が出た。

そこは紫陽花《あじさい》が五、六株《かぶ》植わったあたりで、いまは花もなく、大きな葉が繁茂《はんも》している。そこに四ノ吉が、上を向いて横たわっていた。

その胸が、血で真っ赤に染《そ》まっている。

「きゃあああ」

おそめのせつない叫《さけ》びが、近所中に響きわたった。

二

亀無剣之介はあいかわらず冴《さ》えない顔で、小者の茂三、それに岡っ引きの三ノ助と一緒に、海辺のほうに向かって歩いている。

足取りも顔に負けじと冴えない。

この夏は厳《きび》しかった。暑さも、仕事も。

どうにかしのいで秋になってみると、心の中を虚《むな》しい風が吹きはじめた。

このところ気鬱《きうつぎ》気味《み》である。おみちが熱を出したときにかかる顔見知りの医者に相談したら、気鬱というのも立派《りっぱ》な病気らしい。

「そりゃあ、まずいね」

「まずいよ、亀無さん。だんだん、生気《せいき》が衰《おとろ》え、うつむきがちになり……気がついたら、自分のへそを見てたとかいうことはない？」

「あ、あるな」

「まずいなあ。最近、酒飲んでる？」

「あんまり」

飲んでも楽しい気分にならないので、金を出すだけ馬鹿《ばか》馬鹿しい。

「煙草《たばこ》は？」

「それもあんまり」

煙を吸っても、ため息ですぐに吐《は》きだしてしまう。

「駄目《だめ》だよ、亀無さん。煙草ばかばか吸って、酒浴びるほど飲まなくちゃ。それが気鬱にはいちばんだよ」

とても医者の台詞《せりふ》とは思えない。

「それって身体には悪いって聞いたけど」

「だって、あんた、身体はべつに悪いとこないでしょ」

「そうだな」

身体そのものは、痛いところも重いところもない。

「だったら、身体より、いまは気鬱をなんとかしなくちゃ。煙草ばかばか、酒がんがん」

「酒と煙草か。まいったなあ」

そんな話を昨日の夜にしたばかりだった。

町まわりを早目に切りあげて、さきほど奉行所に戻ってみると、また殺しを担当しろと言われた。

築地の南飯田《いいだ》町で今日の昼前に起きた事件が、どうも面倒《めんどう》な調べになりそうだというので、松田重蔵から、「亀無に担当させろ」という命令が出たのだ。

「なんで、おいらなんだよ」

松田の魂胆《こんたん》はわかっている。好き勝手《かって》に口をはさむには、幼なじみの亀無がいちばん使いやすいからなのだ。

やる気が起きないので、三ノ助に手伝ってもらうことにした。前の事件で、亀無はすっかり三ノ助を信用している。

「どうだい、手伝ってくれるかい？」

「もちろんですよ」

というわけで、三人で築地に向かっている。

築地は海辺の町である。

というより、もとは海である。明暦《めいれき》の大火《たいか》のあとに埋《う》めたてられた。

ところが、埋めたては難航《なんこう》し、土を入れても入れても、波に持っていかれる。

そこで波除《なみよけ》稲荷を勧請《かんじょう》したところ、土はさらわれなくなったという。

埋立地なのに、地震には弱くない。大きな地震のあと、神田あたりはだいぶ家が潰れたのに、築地の被害はそうでもなかった。そこらの加減《かげん》は、亀無には知るよしもない。

「大きな質屋と剣術道場のあいだの隠居家っていうから、あれだな」

と、亀無は指を差した。

人が集まっていた。

番屋の番太郎、町役人、地元の岡っ引きなど、殺しの現場にはおなじみの人間たちである。たまには、深川芸者とか、両国《りょうごく》の矢場《やば》や水茶屋の女たちが集まっていてくれないものだろうか。

——華《はな》やかな殺しの現場……そんなもの、あるわけがないか。

「どこだい、死人は？」

と、亀無は力のない声で町役人に訊いた。

裏手の庭に案内された。

遺体《いたい》は、植栽《しょくさい》のなかに横たわっている。

むしろが外《はず》され、顔を見た三ノ助が、小さく呻《うめ》いた。

「なんてこった……」

「どうしたい？」

三ノ助のおかしな気配《けはい》に、亀無はそっと訊いた。

「弟です。弟の四ノ吉に間違いありません」

「なんてこった……」

同じ言葉をつぶやくしかない。

亀無の気鬱《きうつ》は、ますますひどくなりそうだった。

三

まずは、四ノ吉が刺されたらしい物干し台にあがって、状況を確かめ、また下に戻って死体を検分《けんぶん》した。

この夏から秋にかけて、ずいぶんな数の死体と対面した気がする。これはだいぶ前からだが、友達の数より、面識のある死体の数のほうが上まわっている……そう思ったら、亀無はますますうんざりしてしまった。

四ノ吉は、なにかで胸を刺されたようだ。

「刃物かな」

と、亀無は三ノ助に訊いた。

「刃物だとしたら、ちっと切れ味の鈍《にぶ》いやつですかね」

見るのはつらいだろうに、三ノ助は冷静に確かめている。

「切れ味が鈍い？」

「鉈《なた》みたいなやつでしょうか」

物干し台にも血が飛び散っており、刺されたのはそこらしい。それから下に放り投げられたか、逃げようとして自分で落ちたか。

ほかに傷《きず》はない。

「おかしな殺され方だな」

「ええ」

「この男を知ってる者はいるかい？」

と、亀無は玄関先に集まっている番屋の者に声をかけた。

「植木屋だそうです。庭の木を見るのに、よくここへ来ていました。もっとも、あまり景気はよくなかったらしく、たまにここの質屋にも顔を出していたようです」

弟の住まいを、三ノ助は知らないらしい。質屋に行けばわかるだろう。

茂三に訊いてくるようにと言った。

「植木屋が必要なほど、たいした植木もなさそうだがな」

「そこにある梅《うめ》の木の具合《ぐあい》を、死んだ隠居が気にしてたみたいで」

と、番太郎が答えた。

「死んだ隠居？」

「ええ、あの娘が妾《めかけ》でしてね」

と、番太郎は奥の部屋に呆然《ぼうぜん》と座りこんでいる娘を指差した。

亀無は娘の隣りに行って、ぼそぼそと悔《く》やみを言い、

「あんた、名前は？」

と、訊いた。

「そめと言います」

「いくつだい？」

「十八です」

それくらいの歳《とし》で妾奉公《めかけぼうこう》する娘は大勢いる。珍しくはないが、おそめはどことなく幼い感じがして、妾奉公が痛々《いたいた》しく思える。

「いまはひとり暮らしかい？」

「はい。ご隠居さまが亡《な》くなるまでは、ご飯を作ってくれたりする婆《ばあ》やがいたのですが、亡くなったので辞《や》めてもらったそうです」

「そうです？」

おかしな言い方なので訊き返した。

「はい。お店のほうの意向《いこう》で」

「あ、なるほどな」

だいたいはわかる。

大店《おおだな》のご隠居が、隠居家に若い妾を囲った。

店を継《つ》いだ倅《せがれ》たちは、喜びはしないだろうが黙認《もくにん》してきた。

いちばん心配なのは、妾に子どもができ、孫のような子どもがかわいくてたまらなくなったご隠居が、身上《しんじょう》を半分なり三分の一なり譲《ゆず》りたいなどと言いだしたときだろう。さいわい、それは回避《かいひ》できたようだ。

そんななりゆきを想像していると、

「あ、全州屋の旦那さまが」

と、おそめが緊張した。

顔は瘦《や》せているのに、腹はたっぷりしている四十くらいの男が入ってきて、いかにも迷惑《めいわく》そうに眉をひそめ、

「ちょっと心配になって来てみたよ。やっぱり、女がひとりでこういう暮らしをしていると、起きるんだねえ、こういうことが」

と、大きな声で言った。

「はい、申しわけありません」

「いいね、うちとはまったく関係ないことだよ」

ほらはじまった、と亀無は思った。こういうやつらは、都合《つごう》の悪いことはみんな関係がないと言い張る。

金の匂いがすることには、なんでも関係したがるくせに。

「いま、忙《いそが》しいし、四十九日を待って、どうするか決めるけど。これじゃあ困《こま》ったね」

なにが困ったのか。

これを理由に手切れ金をますます少なくして、ほんの端金《はしたがね》をおそめに渡し、追いだすつもりだろう。

「関係ないかどうかはわからねえよ」

と、ぽしゃぽしゃする髷《まげ》を押さえながら亀無は言った。

「え」

「わからねえよ、まだ。死んだ隠居への恨《うら》みがかかわっていたかもしれねえし、あるいはそちらの商売で、目には見えていないところと関係しているかもしれねえ」

適当なあてずっぽうを言うと、あるじの顔が青くなった。

だいぶ、後ろめたいところがあるらしい。あまり下手《へた》な取り繕《つくろ》いなどはしないようにな」

「本店のほうにも調べにいくかもしれねえが、あまり下手な取り繕いなどはしないようにな」


「は、はい」

全州屋のあるじは、足をかたかたいわせながら帰っていった。

「あんたも、あんな連中に人生を握《にぎ》られていたんじゃ大変だったろう。早いとこ、田舎《いなか》にでも帰ったほうがいいんじゃねえのかい？」

「田舎には、もう帰るところなんかないですよ」

と、おそめはうつむいた。

「そうか。じゃあ、手に職をつけたほうがいい。よけいなお世話かな」

「いいえ、四ノ吉さんもあたしが悩んでいたら、忠告《ちゅうこく》してくれました。やっぱり手に職をつけるべきだって」

「そうだったのかい」

「まるで、おとっつぁんみたいな人だったんです」

兄弟だけあって、三ノ助と似た温《あたた》かみのある人物だったらしい。

だが、脇で聞いていた三ノ助は、腐《くさ》りかけの漬物《つけもの》でも食ったような、微妙《びみょう》な表情をしていた。

# 四

三ノ助を慰めてやろうと、亀無は近くの飲み屋に入ることにした。築地界隈《かいわい》は日本橋ほど大きくはないが魚の市《いち》も立つので、うまい肴《さかな》を食わせる飲み屋が多い。「やまとや」という店がうまいと、誰かが言っていたのを思いだし、そこに入った。茂三には小遣《こづか》いを渡して先に帰らせた。

まずは一杯飲んで、亀無は三ノ助に、

「残念だったな」

と、悔《く》やみを言った。

「じつは、亀無の旦那《だんな》に申しあげなければならないことがあります」

三ノ助は、あらたまった口調で言った。

「なんだい？」

「死んだ四ノ吉は泥棒だったんです」

「え……」

また、思いがけない話である。

「よく知られた泥棒です。通り名はすきま風《かぜ》の吉《きち》」

「ほんとかよ」

これには驚いた。というより呆《あき》れた。

すきま風の吉というのは、すきま風が入ったと思うくらいの痕跡《こんせき》しか残さずに大金を奪《うば》っていくことから名付けられた。どうも、吉の字がつくらしいとは言われていたが、それが四ノ吉だったとは。

この十年で、すきま風の吉の仕業と思われる盗みは、およそ八件。どれも数百から数千両という大きな盗みである。

大名屋敷も狙《ねら》うので、被害の数と額《がく》はもっと大きくなっているかもしれない。大名屋敷は家の恥《はじ》を怖《おそ》れて、被害に遭《あ》ったことを公表しなかったりする。

南北両奉行所が追いかけている泥棒であり、捕まえれば大きな手柄《てがら》になるのは間違いなかった。

「あっしとは十歳、違ってました。かわいい弟で、素直《すなお》な心根《こころね》でした。死んだ猫を見かけると、わざわざ穴を掘って埋《う》めてやるようなやつでした。それが泥棒に成りさがった。理由はわかりません」

「もしかして、それが目明かしになった理由かい？」

と、亀無は訊いた。

「ええ。あいつが泥棒になったわけが知りたかったし、あいつはもう十両どころじゃねえ、何千両と盗んでますから、捕まればかならず死罪です。あっしはこの手で、弟を捕まえたかったんです。きれい事じゃなく、他人の手で捕まえられ、刑場送りにされちまったら、あっしは自分の気持ちにおさまりがつかなくなっちまうと思ったんです」

「なるほど。あんたの気持ちがどこまでわかってるか自信はねえが、他人の手で捕まえられたくねえってのはわかる気がするよ」

「そいつはどうも」

「じゃあ、植木屋ってのは？」

「四ノ吉は、よく成りすますんです。植木屋か鳶《とび》に。どっちも人の家をのぞきこむのに、いい職業ですからね。鳶はもともとやってたんですが、植木は素人《しろうと》だったはずです。一度、鳶に狙いを定めて追いかけたときに、もうちょっとで捕まえそうになったんです。それから警戒《けいかい》して、植木屋に成りすますほうが多くなりました」

「あんたが目明かしになったのは知ってたんだ？」

「ええ。知ってました」

亀無は、「ふう」とため息をついた。

つらい話である。どっちの立場にとっても。

「のぞくと言えば……あの家の隣りはでっかい質屋だったよな」

「ええ。隣りというか、あの隠居家を鉤《かぎ》型に囲むような敷地です。隠居家の裏手は、質屋の蔵でしたし」

「おい、まさか」

亀無が遠慮《えんりょ》したような顔になったのを、手で押さえるような仕草をして、三ノ助はきっぱりと言った。

「いや、あっしはそう思います。四ノ吉はあの質屋を狙《ねら》っていたんです」


だいぶ酔ったが、築地から八丁堀はすぐである。

三ノ助が住む堀江町も、八丁堀を抜ければ遠くない。

ふたりで築地川沿いを歩いた。秋の夜風は気持ちがいいし、さらさらと柳の葉が清潔《せいけつ》そうな音で鳴っている。

うまい酒だった。ところが、話が話だったので悪酔いしそうである。

「四ノ吉の遺体《いたい》はどうする？」

「家族がいないようなら、あっしが寺に入れます」

「そうだな」

茂三から、四ノ吉の住まいが芝日蔭町《しばひかげ》だったと聞いている。いまごろは、そこの町役人や大家たちが、遺体を引き取りにきているはずである。

三ノ助も堀江町にある用事をすませてから、そちらに行くとのことだった。

「すみません。よけいな心配事を聞かせちまって」

「そんなことはねえ。すきま風の吉も、もう悪いことはできねえな。あとは四ノ吉を殺った野郎《やろう》をとっつかまえて、成仏《じょうぶつ》させてやろうや」

「ありがとうございます」

三ノ助は、晴々《はればれ》とした顔をした。

望んだかたちとは違っても、長年の心配はずいぶんと消えたはずだった。

五

翌日――。

亀無は物干し台におそめと一緒にあがり、そこでくわしい話を訊いた。ただ、四ノ吉が泥棒だったと打ち明けるつもりはない。

「四ノ吉はよく来てたのかい？」

「月に二、三度くらいですか。昨日も、近くで仕事があったからって寄ってくれたんです」

「昨日は、焼き芋を買いにいったあいだに、あんなことになったって言ってたよな。その前は、なにか変わった話をしてなかったかい？」

「昨日ですか……ああ、あたしが襲《おそ》われた話を」

「襲われた？」

いろんな話が出てくるものである。

その話をひととおり聞いて、

「それで、四ノ吉はなにか言ったのかい？」

「ええと。番屋につれていくとか、どこの誰かを問いただしたりはしなかったのかって言ってました」

「ああ……」

と、亀無はうなずいた。

やはり、四ノ吉も変な話だと思ったのだ。泥棒だからというわけではないだろうが、物事の裏を見抜く力はあったのだろう。

だが、珍しい話ではない。陳腐《ちんぷ》な芝居である。そんなものが、うまくいくことがあるのだろうか。

もし志保あたりにそんな芝居を仕掛ければ、すぐに見破られてしまうだろう。

「それで、あんたが出かけるときに、四ノ吉はここにいたんだね？」

と、物干し台の床《ゆか》を指差した。

「はい」

もし、下に客が来たとする。

四ノ吉は黙《だま》ってここにいるだろうか。下に行って、おそめさんは出てますよ、くらいは言うのではないか。

では、その下手人は黙ってここまであがってきて、いきなり四ノ吉を突いたのだろうか？

どうも殺しの場面が想像しにくいのだ。

亀無はここから見えるものを確かめていく。

「それは質屋の蔵だろ？」

「はい」

窓がある。頑丈《がんじょう》そうな板戸があり、いまは閉じられている。

「すぐそこだな。向こうからこっちを、のぞいていたりすることはなかったのかい？」

「どうですかね。ああ、一度だけ、四ノ吉さんといるとき、向こうから見ていた人がいました」

「へえ」

左手は質屋の正面だが、ここからは屋根や看板《かんばん》が邪魔《じゃま》してほとんど見えない。

視線を右に向けると、剣術道場である。ひと組くらいか、稽古《けいこ》をしている声が聞こえてくる。

「そこが、助けてくれたという先生の道場だね？」

「はい」

男がひとり出てきた。まだ若い。井戸を汲《く》みあげ、身体を拭《ふ》いている。ひよわな肉づきで、とても腕が立つようには見えない。

「あれは？」

「塩尻先生とは違います。お弟子さんじゃないでしょうか？」

ちらりとこっちを見た。

あわてて目を逸《そ》らした。

「襲《おそ》われたとき、男の顔は見たかい？」

「いいえ。覆面《ふくめん》をしてましたから」

「あいつと似てなかったかい？　身体つきなどはどうだい？」

「………………」

じっと見た。

「やっぱりわかりません。すみません」

「なあに、そんなものだよ」

と、恐縮《きょうしゅく》するおそめを慰めた。

「道場主の塩尻は、死んだ隠居とは面識があったのかね？」

「はい。なんだか馬が合ってたみたいですよ」

悪人同士で、適当に話が合ったのだろう。

「塩尻は、この家には来たことがあるかい？」

「ああ、何度かありました」

「遠慮《えんりょ》なしにあがってくるとか？」

「それはないですね」

「この家に来たことがある人で、覚えているのを教えてくれねえかい？」

「はい。ええと……」

死んだ隠居は、もともと友人が少なく、訪問者もまれだったらしい。それでも四、五人の名を訊きだし、手帖《てちょう》に記《しる》して、今日の話は終わりにした。

次に、亀無は芝日蔭町の四ノ吉の長屋を訪《たず》ねた。

三ノ助は、昨日の晩からお通夜《つや》のために来ている。疲れただろうと、朝から茂三も来させた。

だが、茂三は壁《かべ》にもたれて寝入っている。昔から亀無の家で働いてきたこの小者は、今年に入って急に身体に締まりがなくなった気がする。

亀無は軽く膝《ひざ》を突いて、

「おめえが寝てちゃ困《こま》るんだがね」

「あっ、申しわけねえです」

長屋の者は仕事に出ていて、いまは三ノ助と茂三のほかには誰もいなかった。

「どうだった、三ノ助？」

「寂《さび》しいもんですね。弔問客《ちょうもんきゃく》は誰も来ません。子分くらいは来るかなと思って待ってるんですが、駄目《だめ》ですね」

「ここは長いのかい？」

「ええ。住みはじめたのは二年ほど前からです。ほとんど人が訪ねてくることはなかったそうです」

「仕事はここで受けてたんだろうか？」

「いや、大家などには、親方のところから仕事をもらっていると言ってたようです。ま、嘘《うそ》でしょうね。だが、店賃《たなちん》はちゃんと入れてましたし、外で四ノ吉を見た者は、金遣《づか》いの荒さに驚いたと言っています。そら、そうでしょう。あいつには金を使うところがねえ。けちではなかったので、子分にもかなりの分け前をやっただろうし、ずいぶんとだらしない金の使い方をしてたはずです」

「そうだろうな」

「じゃあ、焼いちまっていいですか？」

「気を落とさないようにな」

と、亀無は目の前の早桶《はやおけ》をちらりと見て言った。

六

三宅一刀流《みやけいっとう》道場のあるじ、塩尻総三郎は、近頃、腹の立つことばかりだった。

門弟《もんてい》が激減していた。

その理由は、逃げた弟子の弁《べん》によれば意味のない厳《きび》しさと、加えて近所にできた教え方のうまい道場に門弟を持っていかれたせいだった。

このため、辞《や》めると言った門弟と何度か喧嘩騒《けんかさわ》ぎを起こしたり、酒を飲んで騒いだりして、近所ではさんざんな悪評であった。

その塩尻道場の玄関に、おかしな男が立った。

頭がぼわぼわしている。髷《まげ》がちぢれっ毛のため、どうにもまとまりにくいらしい。頭ばかりに目がいって気づくのが遅れたが、町方の同心の格好《かっこう》である。

「北町奉行所の亀無剣之介といいますが、ちょっと訊きたいことがあるんですよ。

よろしいですかね」

「裏へまわれ、裏へ」

無礼《ぶれい》な発言なのだが、同心ごときにへつらうつもりはない。

同心など下っ端《ぱ》で、御家人《ごけにん》にも入れてもらえない存在ではあるが、剣術道場のあるじとて、たいがいは幕臣《ばくしん》でもなければ、他の藩士《はんし》でもない。浪人《ろうにん》である。

塩尻も、身分は浪人であった。

したがって、いくら同心の地位が低いとはいえ、本来であれば大きな顔ができるわけではなかった。

「用はなんだ？」

「いえね、隣りのおそめって娘に、塩尻どのの話を聞きまして」

「わしの話？」

「ほら、おそめが襲《おそ》われたという話」

「ああ、あれか」

急に顔が硬くなった。

「ほんとの話ですかね？」

亀無はこちらの目は見ずに、よそのほうを向いて言った。

「どういう意味だ」

「いえね、ずいぶん都合《つごう》よく塩尻どのが登場したものだなと」

「それでは、おぬし、おそめが襲われたのはやらせだとでも言うのか。武士を愚弄《ぐろう》するとどうなるか、わかっておるな」

こんな木《こ》っ端《ぱ》役人でも、叩《たた》き斬ってしまえば、獄門磔《ごくもんはりつけ》は間違いない。

刀に手をかけたい思いを、どうにか抑えた。

だが、亀無はよほど鈍《にぶ》い男らしく、他人の不快さなどまるで感じないように、

「それと、うかがいたいのですが、昨日、隣りで四十くらいの植木屋が殺されたのはご存じですか？」

と、訊いた。

「うむ。門弟や飯炊きの婆《ばば》ぁどもの噂《うわさ》で聞いた」

それは嘘《うそ》ではない。今日も朝から婆ぁが、門弟や振り売りの者たちを相手に、べらべらとしゃべっていた。

一度はくだらぬ話をするなと怒鳴《どな》りつけたが、婆ぁの声が低くなっただけで、噂をやめたわけではない。

「その植木屋……四ノ吉という名なんですがね、そいつは四つ半から九つ（午前

十一時から十二時）ほどのあいだに殺されたんです。塩尻どのはそのころ、なにをなさっておいででした？」

と、手帖《てちょう》を取りだし、筆を取ったまま亀無が訊いた。ときおりこちらをうかがうように見るが、すぐに目を逸《そ》らしてしまう。

「おぬし、本当に、わしに因縁《いんねん》をつけたいようだな」

「いえ、そういうつもりは」

「わしが下手人だと言ってるのと同じことではないか」

「申しわけないのですが、殺しが起きたときは、周囲の人間にそのときなにをしていたか、訊かなくちゃいけないんです。それにご不満があるのでしたら、町奉行や御老中に文句《もんく》を言っていただかないと」

同心はおどおどしたような口ぶりで言った。

脅《おど》しは効《き》いているものの、上役とのあいだで板ばさみになっているのだろう。

これが宮仕《みやづか》えの厳《きび》しいところだ。

軽蔑《けいべつ》するように亀無を見て、断わった仕官の話を思いだした。

いま、考えれば、悪い話ではなかった。某《ぼう》大藩の江戸屋敷詰めで、剣術師範《しはん》の役目も兼《か》ね、徒組《かちぐみ》で七十石二人扶持《ぶち》。

そのときは、舐めるな、と思った。いまはそれだけの実入《みい》りと待遇《たいぐう》を得るのがどれほど大変か、身に沁《し》みている。

「あのう……」

目の前の同心がなにか言っていた。

「なんだ？」

「ですから、そのとき、なにをなさっていたのかを」

「ああ、そうか。むろん、門弟たちに稽古《けいこ》をつけていた」

「そのときの門弟の方々《かたがた》は？」

「そこまで訊くのか」

「はい」

「遠藤《えんどう》」

と、道場の隅《すみ》にいた若い男に声をかけた。

「昨日の昼前、そなたはここで稽古《けいこ》していたな」

「はい」

「相手は誰だった？」

「川本《かわもと》です」

「隣りで誰かが殺されただろう」

「はい。婆《ばあ》さんが朝から騒《さわ》いでました」

「どうも、この同心は、わしを下手人にしたいらしい。だが、あいにくと昨日の昼前、わしはここでそなたたちに稽古をつけていた」

「ええ」

と、遠藤はうなずいた。

「それで、しばらくしてから、隣りでおそめが悲鳴《ひめい》をあげたのを聞いたんだよな」

「聞きました。だが、われらは気にせず、稽古を続けました」

「どうだ、同心？」

「なるほど」

と、亀無はうなずいた。

七

亀無剣之介は道場から出ると、いったん首を傾げた。

塩尻は稽古をつけていたという。そう言ったのは、さきほど物干し台から見た若い弟子だった。

あのあいだには、板塀が立てられ、叩《たた》き破ることくらいはできても、壊さずに乗り越えるのは無理《むり》だろう。

だが、稽古といっても出入りはあるし、そっと抜けだして隣りに行き、四ノ吉を殺して戻ることくらいはできたのではないか。

道の前に大きな乾物《かんぶつ》屋があった。問屋も兼ねているらしく、荷車が出入りし、手《て》代《だい》や小僧が忙《せわ》しく働いている。

その店の脇で、男のような顔をした婆さんが小さな縁台に腰をおろして、通りを眺《なが》めている。

「ちっと話を訊きたいんだが」

「はいよ」

「お婆《ばあ》さんは……」

亀無がそう言うと、婆さんはいきなり指を一本口にあて、お黙《だま》りという仕草をした。

「あのね、お婆さんじゃないよ。ここの店主。おかみ。なんせ八十七になって身体を動かすのがつらいから、こうして店の前に座るしかできなくなっちまったけど、まだ倅《せがれ》に身上《しんじょう》は譲《ゆず》っちゃいねえ。だから、れっきとしたあるじ。相州屋《そうしゅうや》さん、あるいはおかみさんと言ってもらいたいね」

「それは失礼した。おかみさんは昨日、その前の家で起きた殺ろしのことは知ってるかね」

「あたりまえさ。あんだけの騒《さわ》ぎだもの。しかも、そこのお妾《めかけ》が悲鳴《ひめい》をあげてたんで、手代《てだい》をのぞきにいかせて、番屋に届けさせたのもあたしだよ」

「そいつはどうも」

「それで訊きたいことってのは?」

頭はかなりしっかりしている。

下手《へた》をすると、おいらよりしっかりしてるかもしれない——と、亀無は思った。

頭の中でのべつ算盤《そろばん》をはじいているせいか、商人《あきんど》のなかには歳《とし》をとってもしっかりしている者が少なくない。その点、武士なんぞは威張《いば》るくらいしか能《のう》がないから、すぐにぼけてしまうのだ。

——おいらも算盤の稽古《けいこ》でもするか。

と、亀無は思いつつ、

「殺された男と妾のおそめは、物干し台で話をしてた。それで、妾は焼き芋屋の売り声を聞いて、買いに走った」

昨日の様子を確かめるように言った。ただし、こちらからは物干し台のあたりは見えていない。

「そうだよ。ちっと耳が遠くなってきて売り声は聞こえなかったが、お妾が急いで飛びだしていったのは見てたよ。あのお妾は田舎者《いなか》だから、焼き芋なんぞが大好きなんだ。たいしてうまくもないんだが。あれが田舎の味なんだろうね」

「なるほどな」

「それで、しばらくして芋を買って戻ってきた。それからすぐ、町内に悲鳴が響きわたったってわけさ」

「そのあいだ、前の家に人の出入りはなかったかい？」

「ないね」

「本当か？」

「ない。おかしなことだがね。しばらく前に殺された男が来たのは見てたよ」

「それも見たかい」

「ああ。たまに来てたんだ。それで、しばらくしてお妾が出て、戻ってきた。そのあいだ、人っ子ひとり出入りしてないよ。おかしな話さ。あたしも変だなと、昨日から考えてる。裏庭は確かめたことはないけど、塀で囲んであるから出入りは無理だろ」

「そうなんだよ」

「だからさ、あたしが考えたのは……」

「おう、聞かしてくれ」

と、亀無は頼みこむように言った。

「殺した野郎は、騒《さわ》ぎになって大勢が出たり入ったりするまで、押入れか床下あたりに隠れていた。それしか考えられないね」

「なるほど」

与力の松田重蔵より、よほど筋《すじ》の通った考えだった。

八

南飯田町の番屋で、岡っ引きの三ノ助と目の前の海を見ながら相談した。波は穏《おだ》やかで、樽《たる》を積んだ廻船《かいせん》が、艀《はしけ》を使わず、そのまま河岸《かし》に船体を寄せようとしていた。

「すると、塩尻は難しいですか」

と、三ノ助は言った。

「いまのところはな。そっちはどうでえ」

もうひとり怪《あや》しいのは、質屋にいるはずの四ノ吉の仲間である。

四ノ吉は、始終《しじゅう》、おそめの家か質屋に来ていた。いままでの手口からすると、すでに質屋には、子分が手代《てだい》として潜《もぐ》りこんでいるはずだった。

そうして、蔵に中から仕掛けをほどこしたり、内部の様子を探っていたりするのだ。

質屋にいるはずの仲間ならば、蔵の屋根あたりから縄《なわ》を渡し、物干し台に移《うつ》ることができるだろう。亀無はそう指摘《してき》した。

「でも、旦那《だんな》。戻るとき、縄《なわ》を引きあげなくちゃなりませんぜ」

と、三ノ助が言うので、

「そんなのは簡単《かんたん》だ。輪にしたのを引っかけておき、向こうからひょいと上に引くように外《はず》せばいい」

「なるほどね」

「怪《あや》しいのはいたんだな」

「いました」

「では、じかに訊いてみるか」

と、亀無は立ちあがった。

通《かよ》いの手代《てだい》で、まもなく店から出てくるはずだという。

待つほどもなく、当の手代は店から出てきた。

小柄で暗い顔をした男である。

亀無と三ノ助であとをつけた。明石橋《あかしばし》を渡り、海沿《ぞ》いの道を右に佃島《つくだじま》を見ながら進む。

景色のいいところである。悪事にはふさわしくない。

船松町のあたりにさしかかったところで、

「この先が野郎の長屋です。老《お》いた母親と暮らしています」

「じゃあ、ここらで捕まえよう」

近づいて、

「ちっと、付き合ってくれ」

そう言っただけで手代《てだい》は震えだした。

歩けそうもないので、河岸《かし》の段々《だんだん》になっているところに腰をかけさせた。

「前の家で四ノ吉が殺されたのは知ってるだろ」

と、三ノ助が訊いた。亀無は後ろで、手代の顔色などを見ることにした。

「はい」

「子分だったのかい？」

「ずっと、あいつと一緒にやってきたんじゃねえのかい？」

「いえ、そんなんじゃありません」

「四ノ吉とはいつ知りあったんだ？」

「一年ほど前です。飲み屋で会って、話が合って……」

「それが盗みの相談をするように？」

「最初はあの蔵は破れるぞって、笑い話みたいに話してたんですが、だんだんふたりとも本気になっていったんです……」

手代《てだい》の言葉を聞きながら、亀無は内心で舌を巻いていた。四ノ吉は、よほど巧《たく》みに人の心を動かす男だったのだろうか。

「おめえが、蔵の中から格子《こうし》でも破る役目だったのかい？」

と、三ノ助はさらに訊いた。厳《きび》しい口調だが、静かな声だった。

「あの蔵には格子はないんですが、窓の合鍵《あいかぎ》を作りました。内側から開ければいいだけです」

「じゃあ、準備は整《ととの》っていたわけだ？」

「はい。でも、四ノ吉さんが待てと」

「待て？」

「はい。もうしばらく様子を見ると」

「ばれそうになったのか？」

「いえ、そんなことはないと思います。急だったんです。決行のときは、四ノ吉さんが隠居家に押し入り、隠居と妾《めかけ》を縛ったうえで、蔵に入りこむ計画でした。でも、隠居は死んでしまい、これで乱暴なことはしないですむかもしれない、と喜んでいたんです。それが、十日ほど前に、待てと……」

「ほう」

三ノ助が助けを求めるように、亀無を見た。

「なんだろう。塩尻に気づかれでもしたのかね」

と、亀無は言った。

「塩尻に……」

「いや、たぶん違うな。四ノ吉はなにかに気がついたんだな」

亀無と三ノ助のやりとりを聞いていた手代《てだい》は、

「それで、四ノ吉さんがあんなことになったもんで、あっしが知らないことがいっぱいあるんじゃないかと思ったら、怖《こわ》くて、怖くて……」

本当に激しく震えていた。

「あんた、店には不満があったのかい？」

と、亀無が訊いた。

「店というか、このまま働いてもあっしに店なんざ持てっこねえし、質屋の手代なんざ職人と違って、そうはつぶしが利《き》きません。迷いはじめたころに、四ノ吉さんからいい話をささやかれまして」

それから、亀無は手代からちょっと離れて、三ノ助と話をした。

「あいつは、四ノ吉がすきま風の吉だなんてことは知らないな」

「ええ。あっしもそう思います」

「どうしよう、あいつを？」

「あいつは四ノ吉にたぶらかされたんだと思います。だったら、あっしとしてはあんまり罪人を作りたくねえ。実際、あいつはまだ、なにもしちゃいねえんですから」

と、三ノ助は言った。

「同感だよ」

亀無もうなずいた。

九

奉行所に戻ると、すぐに松田重蔵に呼ばれた。

案の定、調べの経緯《けいい》を聞きたいという。

断わるわけにはいかず、わかったことをざっと説明した。

ぽんと手を打ち、

「そりゃあ、質屋にいる仲間が怪《あや》しいな」

遠い目に薄い笑みを浮かべて松田は言った。なにせ、人形のようと言われるくらいのいい男だから、どんな表情をしても、それなりに絵になってしまう。

すでに手代の疑惑《ぎわく》は解いて、しょっぴくこともやめたとは言わず、

「そうですか。だが、そいつは返り血を浴びた様子がなかったんです。前掛けは

白で目立つはずですが、血なんぞついてませんでした。しかも、四ノ吉を刺した凶器《きようき》は消えてしまってます」

「凶器が消えたか。ふっふっふ。剣之介、そなたの考えていることはわかった。そなたも古いなあ」

「は？」

「氷《こおり》だと思ってるんだろ。氷で刺し、あとは消えてしまったと。そりゃあ、子どもでも考える仕掛けだぜ」

そんなことは思ってもみなかった。だいいち、地下に室《むろ》でも持っていないかぎり、いまの季節に氷が入手《にゆうしゆ》できるわけがない。そして、築地界隈《かいわい》は埋立地だから、地下に室なんぞ持っている家があるはずはない。

「剣之介、消える凶器といったら決まっているではないか」

「決まってますかね」

なにを言うのかと、思わず身構えた。

「烏《からす》だよ、はっはっは」

と、高らかに笑った。

「烏……」

いま、たしかに烏と言った。亀無は少し胸が苦しくなった。

「烏というと、あの色が黒くて、かあかあと鳴く？」

「あたりまえのことを訊くな。烏のくちばしは尖《とが》っている。まず烏を捕まえ、くちばしでもって四ノ吉の胸をぶすり。それから、返り血を避《さ》けるようにしながら、烏を空に放つ。凶器《きょうき》は消える。どうだ」

「それは、なんと」

烏が高々《たかだか》と舞いあがり、夕焼けに血染《ぞ》めのくちばしを溶けこませて空の彼方《かなた》に消えていく光景が、本当に見えたような気がした。

松田重蔵でなければ思い描くことができない、壮大《そうだい》な殺しだった。

十

さらに一日経《た》って――。

亀無は、やはり隣りの塩尻が怪《あや》しいと思っている。

朝早くから道場の前に行き、弟子の遠藤をつかまえることにした。

近くに因幡《いなば》若桜《わかさ》藩の江戸藩邸があり、遠藤はそこから来ているらしい。

「ちょっと、ちょっと」

「あ、町方の……」

「ちょっとだけうかがいたいんですよ」

「なんですか？」

「殺しがあったときの道場の稽古《けいこ》なんですが、塩尻さんは稽古のあいだ、ずっといたわけではないでしょう？」

本来なら他藩の武士が、町方の質問に答える義理などない。

だが、遠藤は根が気のいい若者らしく、

「そういえば、途中《とちゆう》、席を立っていたかもしれません。ああ、何度か出入りしたような気がしますね」

と、言った。

「やっぱりね」

「でも、まずいなあ。わたしがそう言ったと知られると」

「言いませんよ。その代わり、もうひとつ正直にしゃべってくれませんか？」

「な、なにを？」

「隣りのおそめが襲《おそ》われた件なんですがね。おいらは襲ったのは、遠藤さんじゃないかと睨《にら》んだのです。あ、もちろん、本当に襲うつもりなんてなかったと思いますよ。塩尻さんに頼まれた芝居でしょ？」

と、亀無は慰めるように言った。

「そ、そ、そうなんです。本当に襲うつもりなんて、これっぱかりもなかったんです。わたしにはれっきとした許婚《いいなずけ》がいるんです。ですから、そんなことはしたくないと言ったのですが」

「わかってますよ。黙《だま》ってますから」

塩尻は、おそめの面倒《めんどう》を見たかった。だが、金がない。

そこで、女ひとりでは物騒《ぶっそう》だろうと、そっちのほうからつけいるつもりだった。

「塩尻さんは、教え方はうまいのですかい？」

「いやあ、厳《きび》しいだけで、言っていることが飲みこめないときがあります。ただ、強いのはたしかです」

「ほう、そんなに強いですか？」

「ええ」

「看板は三宅一刀流でしたね。あれって義経《よしつね》流の流れでしょう？　とすると、小《こ》太刀《だち》じゃないんですか？」

「はい。あの体格で小太刀は意外ですが、すばやい動きをします」

なるほど、いきなり対峙《たいじ》すると呆気《あっけ》にとられ、戸惑うかもしれない。

それから、ふと思い浮かんだことがあり、

「もしかして、塩尻さんは槍《やり》も遣《つか》いますか？」

と、訊いた。

「槍ですか？　若いときには武芸全般を修練《しゅうれん》した、と自慢《じまん》していました。だから、槍もやるかもしれませんが、道場では教えてはいません」

「槍は置いてないですか？」

「槍はないですね。長押《なげし》もないですし」

「そうですか」

と、首をひねった。

「まさか、隣りの殺しは、先生が槍で突き刺したと？」

「いや、そんなことは言えませんよ。ただ、この道場から早いところ、逃げだしたほうがいいと思いますぜ」

亀無は目配せしながら言った。

いったん奉行所に戻り、考えを整理してもう一度、塩尻のところに行った。

名を名乗ると、姿も見せずに、奥のほうから怒鳴《どな》り返してきた。

「なんだ！」

ひどく機嫌《きげん》が悪い。

「ちと、話を訊きたくて」

「勝手《かって》にあがってこい」

塩尻は、道場の壁《かべ》にかけてあった遠藤の名札を外《はず》し、それを小柄《こづか》の先で突いていた。

もう辞《や》める、と遠藤は通告《つうこく》したらしい。ずいぶん動きが速い。

「あの野郎……師弟《してい》の礼《れい》もわきまえぬ男だ」

そう言って名を削《けず》りだした。こういう男に恨《うら》みを買うと大変である。さいわい、遠藤は亀無に忠告《ちゅうこく》されたとは言わなかったらしい。

さりげなく、道場を見渡した。本当に槍はない。

「庭を見せていただけませんか？」

「なぜだ」

「同心というのは、殺しの現場をいろんな方向から見るものなんです」

「勝手に見ろ」

なんとも傲慢《ごうまん》な男だった。亀無は塩尻の後ろ姿につぶやいた。

——あんたが殺《や》ったんだ。でも、方法がわからねえ。

地所のほとんどを道場の建物が占《し》めているので、庭はそれほど広くない。

その庭も、とくに怪《あや》しいところはない。梯子《はしご》などもない。

老女が洗濯を終え、門弟たちの稽古着《けいこ》を干すところだった。

亀無は、ぼんやりとその様子を眺《なが》めた。

一枚、二枚、三枚と袖《そで》を通していく。

四枚で首を傾げた。

亀無もつられて首を傾げる。

「どうしたい、婆《ばあ》さん？」

「いえね。たしか、稽古着《けいこ》は四枚、並べて干せたはずなのに、と思ってね。竿《さお》をこうかけると、外側のあまったほうにも一枚干せたはずなんですが、ほら」

物干し竿はあまっていない。

「え？」

つまり、物干し竿が短くなっていた。

それでわかった。

十一

「わかりましたか」

と、三ノ助は喜んだ。

「すべてわかった。下手人《げしゅにん》も、手口も。しかも、この殺しは意外な奥行きもあったんだ」

亀無は言った。

「奥行きですか」

「ただ、問題は、塩尻の野郎が白状《はくじょう》するかなんだ。追いつめても、わしはやっていないと強弁《きょうべん》されると、ひっくり返すのは難しいかもしれねえ」

「なんせ、誰も見てねえことですからね」

「それで、やつを白状させるのに、瓦版を使いたいんだよ」

「瓦版を？」

「築地で何者かに殺された四ノ吉が、もしかしたら盗賊・すきま風の吉だったたかもしれない、と書かせるんだ。あんたと四ノ吉が兄弟ってえのは、誰も知らないんだろ」

「知ってた人も皆、亡《な》くなってしまいました」

「だったら、迷惑《めいわく》はかからないだろう。心情としてはつらいかもしれねえが、頼むよ」

「もちろん、下手人をあげるためですから、かまいませんとも」

こうして、二日後、すきま風の吉について書かれた瓦版が、日本橋南から芝口南一帯にかけて出まわることになった。

瓦版が出た翌日は、雨になった。

冬の気配《けはい》をはらんだ冷たい雨だった。

三ノ助は、四ノ吉の家の中から、芝日蔭町の裏長屋を見張っていた。四ノ吉の子分がもしかしたら線香《せんこう》をあげにくるかもしれない――そう踏《ふ》んだのである。

部屋は空《あ》き家になったが、まだ次は決まらない。

墓については書いてなかったので、この家に手を合わせにくることが考えられた。

質屋の手代《てだい》からは、四ノ吉が子分を使わなくなったと聞いていた。だが、鵜呑《うの》みにするわけにはいかない。あるいは四ノ吉とは別れたが、独立して大泥棒になっているやつがいないとはかぎらない。

だが、昨日の夜も、今日のいままでも、ここを訪《おとず》れた者はいなかった。

——泥棒なんざ、いくら名を知られてもそんなものだろう。

三ノ助は、通りの雨を眺《なが》めながら、四ノ吉の心の中を想像した。

女のものらしき足音がこの家の前で止まり、傘《かさ》が閉じられる。

戸が開き、女が中にいた三ノ助を見た。

——なんだって。

三ノ助は目を疑《うたが》った。

「おめえは、おひさ……」

「三ノ助さん……」

「なんで、おめえがここに……」

かつて、三ノ助が将来を約束した女だった。

だが、女から、どうしても親が決めた相手に嫁《とつ》がなければならない、と言われて諦《あきら》めた。諦めたあとも、二年ほどはおりに触れて思いだし、せつなさに胸がふさがれた。

その、おひさがなぜ四ノ吉のために……。

「あ、まさか」

三ノ助はおひさを見た。目尻に皺《しわ》があり、頬《ほお》の肉が薄くなっていた。それでも十五年前の、湯屋の二階で菓子を売りながら、客の話に笑いころげていた面影《おもかげ》は消えてはいなかった。「三ノさんは、冗談ばっかり」という声が、いまにも聞こえそうだった。

どうして時は、移《うつ》ろってしまうのだろう。

そのおひさが、三ノ助のもとを去ったのは、四ノ吉とできたからではないか。

そういえば、三ノ助がおひさと別れて三月ほどしたころ、四ノ吉は、相州で宮《みや》大工《だいく》の修業をしてくると言って、堀江町からいなくなっていた。

「まさか、四ノ吉と……」

「どうしても言えなかったんです」

「そりゃあ夢にも思わなかったもの」

その後、三ノ助は別の女と結ばれ、娘をひとりさずかった。

「四ノ吉さんと、小田原《おだわら》で所帯《しょたい》を持ったんです」

と、おひさは言った。

「でも、うまくいかなかった」

「なんでだい。蜜《みつ》の味だったろうよ」

どうしても皮肉《ひにく》っぽくなった。

「子どもができました。女の子でした。ところが、二歳のとき、流行《はや》り病《やまい》になって亡《な》くなってしまったんです。高い薬を飲ませることができれば、助けられたのに……。あの人は、鳶《とび》としての腕はよかったのですが、人付き合いはうまくなく、稼《かせ》ぎもよくなかったですから」

「兄弟も親戚も頼れねえしな」

「はい」

おひさはうつむいた。

その顔を見て、三ノ助はひどいことを言ってしまったと思った。

「荒れたのかい?」

「荒れるくらいならましなんですよ。虚《むな》しくなっちまったんですね。それまで持っていた夢や望みや楽しみや……そういうものすべてが、ぜぇんぶどうでもいいものに思えてしまったんです。四ノ吉さんは、そう言いました。あたしも、そのときは理解できたんです。でも、あたしは腹が空《す》くとなにか食べたくなるみたいに、新しい夢や望みが湧いてきて……女は薄情なんですかね。四ノ吉さんは駄目《だめ》だったんです。もう、いろんなことが、どうでもよくなっちまったみたいで」

「それで、泥棒稼業《かぎょう》をはじめたってわけか」

「小判《こばん》をごっそり持って帰ってきたときは、背筋が寒くなりました。それで、あたしも四ノ吉さんのところを出たんです。なんで止めなかったんだって叱《しか》られるかもしれませんが、四ノ吉さんは誰にも止められなかったと思います。あの目を見たらわかりましたよ。どこまで落ちるかわからないような、深い井戸《いど》みたいな目でした……」

「虚しさか。虚しさは怖《おそ》ろしいってか」

三ノ助の話を聞いて、亀無は言った。

「おひさはそう言ってました」

「わかる気がする。そうなると、すべて、どうでもよくなっちまうのかもしれねえ。怖《こわ》いね。わかる気がする」

亀無は、そういう目をした下手人はいくらでもいたと思った。

# 十二

八丁堀の役宅に戻ると、志保が来て、おみちと仔猫とで遊んでいた。にゃん吉も慣《な》れたのか、本当に一緒に遊んでいるというふうに見えた。

志保がいないあいだは、日中はおみちが仔猫を預《あず》かっていた。もっとも、松田家の庭と亀無の庭とは、下が開いた塀で区切られているだけで、猫は自由に行き来できる。

近頃は、おみちが呼ぶと、よちよち出てくるようになっていた。

「大高さんは？」

と、亀無は具合《ぐあい》を訊いた。

まだ見舞いにいけずにいた。というより、おそらく亀無の見舞いは、大高のほうで拒否《きょひ》するだろう。

「まだ、自分の力で起きることはできません。ご飯も、おかゆ以外は受けつけないみたいです」

「痩せたでしょう？」

「頬はそうでもないんです。でも、目がくぼんで、前から怖かった目つきがよりいっそう……いまは暗いところだと怖くて、とても見ることができません」

と、笑いながら言った。

亀無は笑えないし、志保の笑いも無理しているように思えた。

「離縁してください、と言ったんです」

志保は小さな毬《まり》を転がしながら言った。仔猫がそれにじゃれついていく。

「え」

「お互い、別れたほうが運《うん》も開けますよって」

亀無のほうを見ずに言った。

「それはまた、思いきったことを」

「だって、あたしは生きたいんです。たった一度の人生を、耐《た》えて忍《しの》んで、夫のために生きるなんてことはしたくないんです」

そう言って、亀無を見た。

強い視線だった。子どものころも、何度かそういう目で、亀無の優柔不断《ゆうじゅうふだん》さをなじられた気がする。

「おいらもそう思うよ。それが、あたりまえなんだと思う。なにかをしようというとき、耐《た》えることはかならず必要になる。我慢《がまん》しなくても達成できるものなんてほとんどないし、しかもそんなものは手に入れても嬉《うれ》しくなかったりする。でも、人生そのものを忍耐《にんたい》だと強要することは、誰にもできないんだ。夫にも、親にも」

「ですけど……大高は剣之介さんとは違う。絶対に許してくれないと思いました。許してくれないなら……」

どきりとした。

まさか、自害《じがい》しようなんて。

虚《むな》しくなってしまうと、人はいろんなことをしてしまう。

「縁切り寺に駆けこもうと思いました。ところが、大高は承知《しょうち》したんです」

「へえ」

最後に太っ腹なところを見せたではないか。

「ただし、条件をつけたんです」

「条件？」

「別れて亀無のもとに嫁《とつ》いだりしなければ許す、と。八丁堀同士でそれをやられたら、たまらないから、と」

「はあ」

やはり太っ腹という言葉は撤回《てっかい》しよう。

「わかりましたと返事しました。数日中に、こちらに戻ってきます」

これからは毎日、志保がすぐ隣りにいる。子どものころ、塀の下にしゃがみこんで、志保に両国で見たという手妻《てづま》の話を聞かされたときのことを思いだした。

あのときは、だいぶ夜も更《ふ》けていたのではなかったか。

そのとき、亀無は幸せで、この時《とき》がずっと続いてくれたらいいのに、と思ったものだった。

十三

塩尻総三郎は庭先に立ったまま、瓦版を読んでいた。

婆《ばば》ぁが、「先生、これ、これ」と持ってきたその瓦版は三日ほど前に売られたもので、それには驚くべきことが書かれてあった。

あの四ノ吉という男は、どうやらすきま風の吉と呼ばれる泥棒だったという。

言われてみれば、それなりの度胸と風格《ふうかく》は感じられた気がする。

――そうか、あいつは盗《ぬす》っ人《と》だったのか。

しかも、捕まれば獄門《ごくもん》間違いなしの大泥棒である。

塩尻の頭になにか儲《もう》け話を聞いたときのような、明るい気分が湧いた。

「ごめんください」

玄関で誰かが呼んでいる。

さきほどまでいたはずの婆《ばば》ぁは、どこに行ったのか、返事もしない。

今日の稽古《けいこ》はない。門弟が少なくなって、四と六と九のつく日は休みにしている。今日は十四日だった。

「誰だ?」

「亀無でござる」

「同心か」

玄関まで行き、うなずいて入るように顎《あご》をしゃくった。

さきほどの瓦版は、さりげなく丸めて、袂《たもと》に放りこんだ。

「どうした? なにか用か?」

横柄《おうへい》な口調で訊いた。

「ええ、おおありですよ」

と、亀無は嬉《うれ》しそうな口調で言った。

「なんだ、早く言え」

「じつはね、隣りの四ノ吉殺しの全貌《ぜんぼう》があきらかになったようなのです」

「ほう。そいつはたいしたものだ。それで、下手人は？」

「塩尻さん。あなたですよ。おいらは、ちぢれすっぽんと呼ばれているくらいでね、しつこいのが取り柄なんです。逃がしませんぜ」

それでも見得《みえ》を切ったつもりなのか、頭に手をあて、照れたような口ぶりで言った。

「なにを抜かす。だいたい、野郎は隣りの物干し台にいたのだろう。こっちで門弟に稽古をつけていたわしが、どうやればあいつを殺すことができるんだ？」

「それは簡単《かんたん》です。槍を使えばいいんですから」

「槍だと？　槍なんぞ、わしは持っておらん」

と、塩尻は道場の壁《かべ》を指差した。

「だから、そこの物干し竿《ざお》を槍にしたんです」

「なんだと」

「おそらく、塩尻さんは物干し台にいた四ノ吉と口論になった。あの、おそめを襲《おそ》わせるというくだらぬ芝居についてでしょう。カッとなった塩尻さんは、そのとき持っていたか、あるいはいったんは取りに引き返したか、その脇差《わきざし》で物干し竿を鋭く斜《なな》めに切って、槍にしたのです。それで、四ノ吉を刺し、はね飛ばすように下へ叩《たた》き落とした。それから、先をまた切って、物干し竿に戻した」

「…………」

「婆《ばあ》さんが困《こま》ってましたよ。いままで稽古着《けいこ》を四人分、並べて干すことができたんだそうです。ところが、急に袖《そで》一枚分ほど短くなってしまったって」

「…………」

「斜めに短く切られた竿は二本。たぶん、そのあたりの土に差して埋《う》めたのでしょう。ほら、そこに竹の節《ふし》が見えています。取りだしてみましょうか。血もついているし、切り口もぴったり合うはずです」

「ううむ」

「まさか、誰かほかの者が来てやったのだろう、などとは言いませんよね」

塩尻は下を向いていたが、

「そうか、言わねばならぬか」

と、顔をあげて言った。

「は？」

亀無が怪訝《けげん》そうな顔をした。

「じつはな、わしも照れるので、手柄《てがら》を吹聴《ふいちょう》したくなかったのだ。だが、誤解されているようなので告白するが、あいつはあのとき、質屋に泥棒に入ろうとしていたのさ」

「えっ」

「物干し台から縄《なわ》をかけ、移《うつ》ろうとしていた。白昼堂々《はくちゅうどうどう》、大胆《だいたん》なやつよ。わしはそれを見て、とっさにあやつは名代《なだい》の大泥棒に違いない。ここはひとつ退治《たいじ》してやろうと思った」

「それで？」

「だが、退治しようにも、剣は届かない。そこで差していた脇差を抜き放ち、この物干し竿に切りつけた。あとは、まさに、そなたが見破ったとおりだ。隠し事というのはできぬものだな」

「では、四ノ吉を刺したのは、塩尻さんだ」

「うむ。そのとおりだ。あとは奉行所で裁《さば》いてくれ」

余裕綽々《よゆうしゃくしゃく》で言った。

亀無は後ろを振り向いて、声をかけた。

「松田さま。お聞きになりましたか」

すると、玄関の向こうに、堂々《どうどう》たる体軀《たいく》で役者のようないい男が顔を見せた。同心ではない。見るからにその上の、与力の貫禄《かんろく》だった。

その脇には、捕り物の道具を手にした町奉行所の小者や岡っ引きたちが、横にずらりと並んだ。

「聞いた。こやつ、あっちへ行ったり、こっちへ行ったり、まさに烏《からす》のようなやつじゃ。わしが睨《にら》んだとおりだったな」

と、見目《みめ》のいい与力が言った。

塩尻は不意の与力の登場に驚きはしたが、すぐに気を取り直して言った。

「盗《ぬす》っ人《と》を斬ったのだぞ。そこらはよく吟味なさるようにな」

だが、亀無は嬉《うれ》しそうに笑い、

「ところが、塩尻さんよ。あいにくでしたね」

と、言った。

「なんだと?」

「四ノ吉が、大泥棒のすきま風の吉だったのは間違いねえ」

「それ見ろ」

「それが、こっちの物干し台にいたのだから、誰でも、質屋の蔵を狙《ねら》っていたと思いますよね」

「え？」

塩尻は嫌《いや》な予感がした。

「最初はそうでした。質屋の蔵を狙って、子分が侵入し、計画を進めました。ところが、思いがけないことに気づいたのです」

「なにをだ？」

「こっちのご隠居のほうが、質屋の金を上まわる金を隠《かく》し持っていたのですよ」

「なんだと？」

「つまり、四ノ吉は、向こうの蔵に飛び移《うつ》る気なんざなかったんです。準備もやめていました」

「…………」

「ですから、塩尻さん。あんたの言うことは嘘《うそ》」

と、亀無はふざけたような調子で言った。

グワッと血が頭に駆けのぼった。思わず刀掛けに飛びつき、つかんだ小太刀《こだち》を抜き放ちながら宙《ちゅう》に舞った。巨体に似合わぬ軽々《かるがる》とした跳躍《ちょうやく》だった。

たいがいの相手が、これで度肝《どぎも》を抜かれる。

ところが、亀無は驚くほど冷静だった。

すばやく横にずれ、同時に剣を抜き放った。その一閃《いっせん》は、まさに目にも止まらぬ早業《はやわざ》だった。

塩尻は、自分のどこかがぽん、と音を立てたのを感じた。

最初の攻撃は見切られたが、着地してすぐに右斜《なな》めに飛んで、切りこむつもりだった。ところが、思いがけないことが起きた。

板の間に着いた足が、かくんといった奇妙《きみょう》な調子で砕《くだ》け、力を入れることもできずに身体が横にひっくり返った。右足のかかとの筋《すじ》が断ち切られていた。

刺股《さすまた》や突棒《つくぼう》といった捕り物の道具が、いっせいに塩尻の背中を押さえつけてきた。

妾《めかけ》のおそめの家から見つかった千両箱三つは、町奉行所を通して幕府の金蔵《かねぐら》に入れられることになった。

その隠《かく》し場所も、亀無が見破った。

「物干し台にしては、やたらと立派《りっぱ》な造りだったのでね」

と、亀無は台座の下を指差した。そこがまさに、金蔵仕立てになっていたのである。

奉行所の小者たちが引きあげたあと、亀無と三ノ助が残っていた。

「それで、これが四ノ吉が考えていたおそめちゃんの分だ」

そう言って、おそめの手提《てさ》げ籠《かご》に、二百両ほどを入れた。

「こんなに……」

「持ってみな。重いだろ」

と、亀無はおそめにそれを持ちあげさせた。

「重いです」

だが、四ノ吉がおそめにあげた手提げ籠は、やたらと頑丈《がんじょう》だった。

「これに入れられるだけ、四ノ吉はおそめちゃんにやるつもりだったんだな」

「いいんですか」

「そうしなきゃ、おいらは化《ば》けて出られるもの」

と、亀無剣之介は大真面目《まじめ》な顔で言った。

「あたし、四ノ吉さんの忠告《ちゅうこく》を守って、手に職をつけるつもりです。髪結《かみゆ》いの修業をします。はじめるのが遅いかもしれませんが、あたし、人の髪をいじるのは昔から好きだったんです……」

おそめの決意を聞いてから、亀無と岡っ引きの三ノ助は外に出た。築地川沿《ぞ》いの道には柳の木がずらっと植えてあって、秋風になびいていた。

亀無は、三ノ助と並んで歩きながら言った。

「もしかしたら、四ノ吉はそろそろ、虚《むな》しさから逃《のが》れつつあったのかもしれねえな」

「亀無の旦那《だんな》もそう思ってくれましたか」

「あんたもかい？」

「ええ。やはり、あの小娘に、死んだ娘のことを重《かさ》ねあわせたりしたんでしょうか」

「そうじゃねえのかな」

「さんざん悪事を重ねたあげくにですか」

と、三ノ助は秋の空を見あげて言った。

「まったくだよ。わからねえんだよな、人間てえ生きものは」

本当に難しい生きものだと、亀無はいつも思うのである。

「あ。生きものといえば、二、三日前、与力の松田さまが町なかで、猫を助けているのを見かけました。仔猫を見つけ、そばの小者に、かわいそうだから誰か飼《か》ってやれと」

「へえ」

「ただ……猫なんですがね。松田さまは、この犬を飼ってやれと」

「そうだろう。おいら、あの人とは餓鬼《がき》のころから一緒に遊んでたんだ。でも、いまだにあの人のことは、さっぱりわからねえのさ」

と、亀無は苦笑して言った。

八丁堀に入ると、まもなく亀無の役宅が近づいてきた。

家の前に女の姿が見えた。

秋らしい紅葉《もみじ》色の小紋《こもん》の着物が似合っている。しっとりとしていて、根は変わり者のお転婆《てんば》だなんて誰も思わないだろう。

「ご新造《しんぞう》さまじゃないなんて……」

と、三ノ助が言った。

「え？」

「いえね。お似合いのふたりが結びつかないのも不思議だなと思いまして」

「馬鹿《ばか》言うなよ」

亀無の頬《ほお》が、秋らしく染《そ》まりはじめていた。

コスミック・時代文庫

新装版 同心《どうしん》 亀無剣《かめなしけん》之《の》介《すけ》

恨み猫

【著 者】

風野《かぜの》真《ま》知《ち》雄《お》

【発行者】

杉原葉子

【発 行】

株式会社コスミック出版

〒154-0002 東京都世田谷区下馬 6-15-4

代表 TEL.03(5432)7081

営業 TEL.03(5432)7084

FAX.03(5432)7088

編集 TEL.03(5432)7086

FAX.03(5432)7090

【ホームページ】

http://www.cosmicpub.com/

【振替口座】

00110-8-611382

【印刷／製本】

中央精版印刷株式会社

乱丁・落丁本は、小社へ直接お送り下さい。郵送料小社負担にて
お取り替え致します。定価はカバーに表示してあります。



ISBN978-4-7747-6156-5 C0193